고사성어

지혜의 샘 시리즈 **8**

고사성어

개정판 1쇄 발행 | 2022년 12월 31일
개정판 3쇄 발행 | 2023년 11월 30일

엮은이 | 김영진

발행인 | 김선희 · 대 표 | 김종대
펴낸곳 | 도서출판 매월당
책임편집 | 박옥훈 · 디자인 | 윤정선 · 마케터 | 양진철 · 김용준

등록번호 | 388-2006-000018호
등록일 | 2005년 4월 7일
주소 | 경기도 부천시 소사구 중동로 71번길 39, 109동 1601호
       (송내동, 뉴서울아파트)
전화 | 032-666-1130 · 팩스 | 032-215-1130

ISBN 979-11-7029-216-6 (00820)

지혜의 샘 시리즈 ❽

고사성어

김영진 엮음

매월당
MAEWOLDANG

이끄는 말

21세기를 지식정보 사회라고 한다. 실제로 예전에는 유용한 지식과 정보를 얻기 위해서 불철주야로 동분서 주해야 겨우 원하는 것을 얻을 수 있었지만 오늘날에는 가만히 집안에 있으면서도 신문·방송을 비롯한 언론 매체와 인터넷을 통한 사이버 공간에서 매일같이 홍수 처럼 넘쳐나는 지식과 정보를 손쉽게 얻을 수 있게 되 었다. 그러나 '풍요 속의 빈곤' 이라는 말처럼 오늘날에 는 과잉 지식과 정보 때문에 오히려 새로 해결해야 할 문제가 생겼다. 그것은 넘쳐나는 지식과 정보의 진위를 가리고 꼭 필요한 것을 효율적으로 취사선택하며, 이를 체계적으로 요약하여 잘 활용하는 방법을 체득해야 하 기 때문이다.

그 방법을 효율적으로 익히기 위한 대안으로, 필자는 가장 먼저 고사성어의 학습과 활용을 적극적으로 권하 고 싶다. 고사성어는 수천년을 두고 우리 선현들이 겪 은 다양한 인생 경험과 가치 있는 철학과 처세관 등을 단 몇 자의 단어로 잘 응축해 놓은 것이다. 비유컨대 슈

퍼컴퓨터에나 보관할 수 있는 방대한 분량의 데이터를 '고사성어'라는 파일에 간편하게 압축해 둔 것과 같은데, 이 압축 파일을 풀면 언제나 무한정의 유용한 지식과 정보를 수시로 꺼내볼 수 있는 것이다. 또 우리는 이를 바탕으로 현재나 미래에 새롭게 얻게 되는 많은 분량의 지식과 정보를 다시 고사성어 형식으로 재압축하여 상호 간에 신속하게 교류하고 후손에게 전해 줄 수도 있다. 따라서 고사성어는 과거와 현재를 이어 주는 징검다리의 역할을 할 뿐만 아니라 미래의 지식정보 사회에서도 가장 이상적인 언어 체계로 무궁무진하게 활용할 수가 있다. 이는 또 '옛 것을 익히고 새로운 것을 배워야 참된 스승이나 지식인이 될 수 있다.'는 '온고지신 가이위사(溫故知新 可以爲師)'와 '널리 배우고 상세하게 풀어나가되 이를 잘 요약해야 한다.'는 '박학설약(博學說約)'의 정신과도 부합되는 것이다.

고사성어는 단순히 지식과 정보의 전달 수단이나 매개체로서의 역할뿐만 아니라 그 속에는 선현들의 삶의 지혜가 담겨져 있기 때문에 더욱 가치가 있다. 이 때문에 우리의 기성세대들은 의미 있는 고사성어를 가훈이나 사훈, 혹은 국가의 전략과 통치 이념으로 삼았던 것을 주변에서 흔히 살펴볼 수가 있었다. 그러나 젊은 세대는 그동안 과도한 입시와 취직 위주의 편중된 교육으로 말미암아 힌자나 고사성어에 대한 지식과 관심도 적었다. 다행히 최근 들어 중국과 대만, 일본을 위시한 동남아시아 등, 한자문화권 간의 경제·문화적 교류가 활성화되면서 젊은 세대도 고사성어나 한자에 대한 관심도가 날로 높아지고 있는 것은 매우 고무적인 현상이라 할 수 있다.

이 책은 이러한 젊은 세대들을 위해서 보다 용이하고 체계적으로 고사성어를 익힐 수 있도록 12가지 주제로 나누어 정리하였고, 내신과 수능, 논술 및 각종 취업시험 등에서 자주 출제되고 실생활에서 사용 빈도가 높은 것을 엄선해 놓았다. 그 내용의 체제는 먼저 고사성어와 더불어 밀접하게 관련된 유의어를 수록하고, 이에 대한 한자풀이를 하여 자연스럽게 한자학습을 할 수 있도록 유도하였다. 또 고사성어의 유래에 대한 설명을 하고, 이를 보다 심층적으로 이해하며 응용했던 사례를 뽑아서 자세히 수록하였다. 그리고 마지막으로 현재 실제로 활용하는 용례를 덧붙여서 독자들의 이해를 최대한 돕도록 하였다. 아무쪼록 이 책을 통하여 실생활에 필요한 고사성어와 기초 한자의 실력을 배양하고, 가정과 사회에 유용한 인재로 대성하길 기원해 본다.

김영진

차 례

제1장
학문과 교육

격물치지(格物致知)

사물의 이치나 도리를 궁구하여 후천적 지식을 명확히 함.

 유래

옛날 밝은 덕을 천하에 밝히려는 자는 먼저 그 나라를 다스려야 하고, 그 나라를 다스리려는 자는 먼저 그 집안을 바로잡아야 하며, 그 집안을 바로잡으려는 자는 먼저 그 몸을 닦아야 하고, 그 몸을 닦으려는 자는 먼저 그 마음을 바르게 해야 하며, 그 마음을 바르게 하려는 자는 먼저 그 뜻을 정성스럽게 해야 하고, 그 뜻을 정성스럽게 하려는 자는 먼저 그 앎을 극진히 해야 하나니, 앎을 극진히 함은 격물(格物, 사물의 이치를 속속들이 파고들어 깊게 연구함)에 있다.

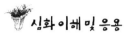

심화 이해 및 응용

위 글은 《대학》에 나오는 군자가 되기 위한 여덟 가지 조항으로, 즉 격물(格物), 치지(致知), 성의(誠意), 정심(正心), 수신(修身), 제가(齊家), 치국(治國), 평천하(平天下)이다. 이 중에서 격물과 치지에 관한 해석은 예로부터 의견이 분분하고 명확하지 못했다. 하지만 송나라 때 주자가 명쾌한 의견을 제시했는데, 그는 '만물은 모두 이치를 가지고 있는 바, 그 이치를 하나하나 캐어 들어가면 활연(豁然)히 만물의 이치를 깨달을 수 있다.'고 하면서 격물치지를 '사물의 이치를 속속들이 파고들어 깊게 연구함으로써 지식을 이루어 가는 것'으로 해석했다.

그런데 명나라의 왕양명은 주자의 가르침대로 정원의 대나무를 며칠 밤낮을 두고 응시하면서 대나무의 이치를 캐고자 하다가 7일만에 졸도하고 말았다. 그래서 그는 주자의 학설에 의문을 품었다. 대나무 한 그루의 이치도 풀지 못하는데 사물의 모든 이치를 터득할 수 있을까? 차라리 마음을 닦아 실제 행동으로 옮겨야 하지 않을까? 그래서 그는 격물치지를 '마음을 바르게 하는 것'이라고 보았다.

용례 과학은 격물치지이고 기술은 공예(工藝), 즉 공과 예의 복합어로 과학, 기술, 산업, 예술 등 모든 개념을 아우르는 전통 과학기술 용어라고 할 수 있다.

교학상장(教學相長)

다른 사람에게 가르쳐 주거나 스승에게 배우는 것 모두 나의 학업을 증진시킴.

한자풀이

教(가르칠 교) 學(배울 학) 相(서로 상) 長(길 장)

유래

《예기》에서 유래되었다. 즉, "아름다운 옥이라도 쪼고 다듬지 않으면 그릇이 되지 못하고, 사람은 배우지 않으면 도를 모른다. ……비록 좋은 안주가 있더라도 먹지 않으면 그 맛을 알지 못하고, 비록 지극한 도가 있더라도 배우지 않으면 그 좋음을 모른다. 이런 까닭으로 배운 연후에 부족함을 알고 가르친 연후에야 막힘을 알게 된다. 부족함을 안 연후에 스스로 반성할 수 있고, 막힘을 안 연후에 스스로 힘쓸 수 있으니, 그러므로 말하기를, '남을 가르치는 일과 스승에게서 배우는 일이 서로 도와서 자기의 학업을 증진시킨다.' 고 한다."

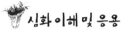

심화 이해 및 응용

　교학상장은 학교 교무실에 가장 많이 걸려 있는 글 중에 하나이다. 배우는 학생이나 가르치는 스승 모두에게 교훈을 주기 때문이다. 최근 중국의 한 신문에는 한국의 바둑 스타인 이세돌 9단이 어린 나이에도 불구하고 제자를 받아들인 것을 큰 화제로 삼고 다음과 같이 보도했다.

　즉, 절정기의 직업바둑 선수가 바쁜 시합 일정에도 불구하고 제자를 거두어 가르치는 것은 이례적이라면서 중국 바둑계에도 신선한 자극제가 된다고 주장했다. 또 자고로 영웅은 소년 때에 배출하듯 이세돌이 겨우 걸음마를 할 때부터 바둑을 배우기 시작하여 12세에 프로 세계에 입문하고, 17세에 대한민국 바둑계의 정상을 차지했으며, 19세에 세계 바둑계를 평정하고, 이제 겨우 24세인데 제자를 거둔 것은 모두 세계 기록감이라는 친절한 소개까지 곁들었다. 마지막으로 이것이 바로 교학상장의 정신으로 제자와 스승 모두에게 큰 도움이 될 것이고, 또 세계 바둑계의 발전을 위해서도 좋은 처사라고 칭찬을 아끼지 않았다.

용 례 컴퓨터 및 수학 교육을 받고자 하는 노인과 중ㆍ
고등학생을 1 대 1로 맞어 주고 청소년에게 보조강사 역할
을 부여함으로써 맨투맨 멘토링을 결성, 교학상장의 장을
마련했다.

맹모삼천(孟母三遷)

맹자의 어머니가 맹자를 제대로 교육하기 위하여 집을 세 번이나 옮겼다는 뜻으로, 교육에는 주위 환경이 중요하다는 가르침.

유의어

- 마중봉직(麻中蓬直) : 삼밭에 난 쑥은 자연히 곧게 자람. 좋은 환경에 의하여 악인이 선인으로 바뀌어짐의 비유. 교화의 효험을 일컫는다.
- 맹모단기(孟母斷機) : 맹자가 학업을 중도에 폐지하고 돌아왔을 때, 그의 어머니가 짜던 베를 칼로 끊어 훈계하여 학업을 완성하게 했다는 고사에서 온 말.

한자풀이

孟(맏 맹) 母(어미 모) 遷(옮길 천) 麻(삼 마) 蓬(쑥 봉)
直(곧을 직) 斷(끊을 단) 機(틀 기)

🌿 유래

옛날 맹자의 어머니가 묘지 근처로 이사를 갔는데 그때에 맹자 나이가 어려 보고 듣는 것이 상여와 우는 소리라 늘 그 흉내만 내므로 맹자의 어머니는 이곳이 자식 기를 곳이 못 된다 하고 곧 시장 근처로 집을 옮겼더니 역시 맹자는 장사의 흉내를 냈다. 맹자의 어머니는 이곳도 자식 기를 곳이 아니라 하고 다시 서당 근처에 집을 정하니 맹자가 늘 글 읽는 흉내를 내므로 이곳이야말로 자식 기르기에 합당하다 하고 드디어 거기에 안거했다.

🌿 심층 이해 및 응용

예나 지금이나 교육 환경이 무엇보다 중요하다. 맹자는 교육과 더불어 환경을 강조했는데, 그 어머니의 영향에 힘입은 바가 크다. 그의 어머니는 일찍 혼자되어 오직 아들 맹자의 교육을 위해 여러 차례 이사를 다니는 불편을 감수했다. 오늘날 우리나라에서도 제2의 맹모처럼 자식 교육을 위해 특정 학군으로 위장 전입이나 이사를 가고 심지어 외국으로 유학을 보내면서도 마음이 안 놓여 함께 이민을 가는 경우가 허다하다. 이러한 노력은 가상하지만 문제는 자식에 대한 과잉 기대와 보호가 오히려 자식 교육에 해가 될 수 있음을 염두해야 한다.

> **용례** 지금 오직 2세 교육 때문에 기회만 되면 우리나라를 떠나겠다는 3, 40대의 젊은 세대가 많다. 국가 발전에 한창 기여해야 할 젊은 세대의 '신 맹모삼천'이라는 대규모 국가 이탈을 어떻게 막을 것인가?

위편삼절(韋編三絶)

가죽으로 된 책 끈이 세 번이나 끊어졌다는 뜻. 호학하여 독서삼매경에 빠져 있는 모습을 일컫는 말.

유의어

■ 수불석권(手不釋卷) : 손에서 책을 놓지 않는다는 뜻으로 '부지런히 학문에 힘씀'을 이르는 말.

■ 안투지배(眼透紙背) : 눈빛이 종이 뒷면까지 꿰뚫는다는 뜻으로, 책을 정독하여 그 이해가 깊고 날카로움을 이르는 말.

한자풀이

韋(가죽 위) 編(엮을 편) 絶(끊어질 절) 手(손 수) 釋(풀 석) 卷(책 권) 眼(눈 안) 透(통할 투) 紙(종이 지) 背(등, 뒤 배)

 유래

공자가 만년에 《역경》을 좋아하여 가죽으로 된 책 끈이 세 번이나 끊어질 만큼 되풀이하여 읽었다. 그럼에도 공자는 '나에게 몇 해를 더 주어 이와 같이 하면, 나는 《역경》에 대해서 그 문사(文辭)와 의리를 다 통달할 수 있을 것이다.'라고 말했다.

 심화 이해 및 응용

독서를 함에 반드시 정신을 집중하여 박독(博讀)과 정독(精讀)을 겸해야 한다. 비단 독서뿐만이 아니라 어떤 일을 할 때에는 심신을 몰입해야 대성할 수 있다. 예컨대 조선 인조 때의 화공인 이징은 어렸을 때 누각에 올라 그림 연습을 했는데, 집안 식구들은 그가 어디에서 무엇을 하는지를 전혀 알 수가 없었다. 결국 삼 일만에 그가 누각에서 그림 연습하는 것을 발견했는데, 이에 화가 머리끝까지 난 아버지가 회초리를 들어 매를 때리니 그는 울면서 떨어지는 눈물로 새 그림을 그렸다고 한다. 후일 이징은 당대에 제일가는 화가가 되었다.

용례 김성일(金誠— 1538~1593)은 다음과 같은 시를 지었다.

은혜로이 말미를 허락받았기에,
호숫가의 정자로 찾아왔다네.
못의 연꽃 예전처럼 깨끗도 하고,
섬돌 대나무는 새로이 푸르구나.
내 어찌 감히 위편삼절 말을 하겠소.
한 경전만 읽다 늙은 내가 부끄럽다오.
궁중에서 괜히 고기 계속 대주니,
길러 주는 임금 은혜 갚을 길 없네.

일취월장(日就月將)

학문이 날로 달로 나아감.

유의어

- 괄목상대(刮目相對) : 눈을 비비고 상대를 다시 본다는 뜻. 사람의 학식이나 재주 따위가 놀랍도록 향상됨을 비유하는 말.
- 일신월성(日新月盛) : 날로 새로워지고 달로 왕성하여짐.

한자풀이

就(이룰 취) 將(장차 장) 刮(비비다 괄) 目(눈 목)
相(서로 상) 對(대할 대) 新(새 신) 盛(담을, 왕성할 성)

유래

《시경》〈주송〉에서 나오는 말이다. 즉 '공경하고 공경할지어다. 천도가 심히 밝아서, 천명을 지키기 쉽지 않으니, 높고 높은 저기에 있다 마시오. 나의 하는 일에 오르내리며, 나날이 살펴보고 계시니이다. 나이와 덕 아울러 모자라는 나, 공경을 다하지 못하고 있으나, 나날이 이루고 다달이 나아가 덕이 빛나도록 닦고 넓히며, 경들은 충성으로 나를 도와서, 밝은 덕 어진 행실 보여주오.' 라는 시 중에서 '나날이 이루고 다달이 나아가' 라는 구절에서 유래된 것이다.

심화 이해 및 응용

속담에 '천리행시어족하(千里行始於足下)' 라는 말이 있다. 이는 천리의 먼 길도 첫걸음부터 시작한다는 뜻으로 '쉬지 않고 힘쓰면 큰일을 이룰 수 있다.' 는 것을 비유하고 있다. 흐르는 물은 썩지 않는 법이고, 또 큰 바다로 나아갈 수가 있다. 사람도 평소 게으름을 피우지 않고 부단하게 노력해야 자기 발전을 이루고 앞으로 나아갈 수 있다.

용례 나의 좌우명은 일취월장이다. 급변하는 현대사회에서 나날이 발전하지 못하면 도태되기 십상이기 때문이다.

절차탁마(切磋琢磨)

뼈와 상아는 칼로 다듬고 줄로 쓸며, 옥과 돌은 망치로 쪼고 사석(砂石)으로 갊. 즉 '학문과 딕행을 힘써 닦음' 혹은 '벗끼리 서로 격려함'을 비유함.

유의어

■ 공옥이석(攻玉以石) : 거친(쓸모 없는) 돌이라도 옥을 가는 데에 소용이 된다는 뜻. 쓸모없는 것이라도 쓰기에 따라 유용한 것이 될 수 있음을 비유하거나, 다른 사람의 하찮은 언행일지라도 자기의 지식이나 인격을 닦는 데에 도움이 됨의 비유.

한자풀이

切(끊을 절) 磋(닦을 차) 琢(쪼을 탁) 磨(갈 마) 攻(칠 공)
玉(구슬 옥) 以(써 이) 石(돌 석)

유래

《시경》〈위풍〉에 나오는 말이다. 즉,

'저 기수의 물가를 보니, 푸른 대나무가 무성하구나.

문채가 있는 군자는, 끊고 갈며 쪼고 가는 것 같도다.

엄밀하고 굳세며 나타나고 성대하니,

문채 있는 군자는 끝내 잊을 수 없도다.'

위 시에서 '끊고 갈며 쪼고 가는 것' 이라는 시구가 바로 절차탁마의 유래이다.

심화 이해 및 응용

《시경》에서 인용된 시구 중에 절차탁마란 원래 옥이나 구슬 등을 다듬는 과정을 설명한 것이지만 군자가 스스로를 수양하고 학문을 닦기 위해 힘쓰는 것에 비유한다. 그래서 《대학장구》에는 '여절여차(如切如磋)는 배움을 말하며, 여탁여마(如琢如磨)는 스스로 수양하는 것이다.' 라고 소개했다.

또 조선 문인 기대승(奇大升 1527~1572)은 청강사(靑江詞)에서 '벗을 삼아 쇠와 돌에 견주어 살든 죽든 절차탁마 함께하리! 풍진은 모두 씻어버리니 깨끗하고 조용한 뜻 밝구나! 서로 지켜 길이 옮기지 않으면 뜬 세상은 작은 웅덩이로 보리다.' 라고 하면서 자연을 벗삼아 '절차탁마' 하려고 의지를 표현했다.

용례 송시열은 경연 강의 중에 '맹자가 말씀한 친구라는 것은, 같은 무리들을 말하는 것이 아니고 절차탁마하는 학우를 말한 것입니다.' 라고 주장했다.

청출어람(靑出於藍)

쪽에서 나온 푸른색이 쪽빛보다 더 푸르다.

유의어

- 빙한우수(氷寒于水) : 물이 얼어서 얼음이 됐지만 물보다 더 차다.
- 후생가외(後生可畏) : 후배가 두렵다는 뜻으로 '후배의 나이가 젊고 의기가 장하므로 학문을 계속 쌓고 덕을 닦아가면 그 진보는 선배를 능가하는 경지에 이를 것' 이라는 말.

한자풀이

青(푸를 청) 出(날 출) 於(어조사 어) 藍(쪽 람) 氷(얼음 빙) 寒(찰 한) 于(어조사 우) 水(물 수) 後(뒤 후) 生(날 생) 可(옳을 가) 畏(두려워할 외)

유래

《순자》〈권학편〉에 나오는 글이다. 군자는 이렇게 말했다.

"배움을 중단해서는 아니 된다. 푸른빛은 쪽풀에서 뽑아내지만 쪽빛보다 더 푸르고, 얼음은 물이 얼어서 물보다 더 차다. 곧은 나무가 먹줄에 맞는다고 할지라도 불에 쬐고 구부려서 수레바퀴를 만들면 그 굽은 것이 그 굽은 자에 들어맞고, 이것을 다시 볕에 말려도 전처럼 펴지지 않는 것은 구부려 다졌기 때문에 그런 것이다. 나무가 먹줄의 힘을 빌어 곧게 되고 쇠붙이가 숫돌에 갈려서 날카롭게 되는 것처럼, 군자도 나날이 지식을 넓히고 또 자신을 반성해 가노라면 지혜는 밝아지고 행동함에 잘못이 없게 될 것이다."

심화 이해 및 응용

북조 북위의 이밀은 어려서 공번을 스승으로 삼아 학문을 하였는데 학문의 발전 속도가 매우 빠르고 열심히 노력한 결과, 몇 년 후에는 스승의 학문을 능가하게 되었다. 이때 공번이 더 이상 이밀에게 가르칠 것이 없다고 생각하여, 오히려 이밀에게 자신의 스승이 되어 주기를 청했다. 이에 공번의 친구들은 그 용기에 감탄하고 또한 훌륭한 제자를 두었다는 뜻에서 '청출어람'이라고 칭찬했다고 한다.

용례 교수가 잘 가르치고 연구 성과가 높아야 청출어람의 선순환이 이루어진다.

한단학보(邯鄲學步)

한단에서 걸음걸이를 배운다는 뜻. 자기의 본분이나 능력을 생각하지 않고 남의 흉내를 내다 아무것도 얻지 못하거나, 함부로 남의 흉내를 내어 자기의 본분을 잊어버림을 일컫는 말. 한단지보(邯鄲之步)라고도 한다.

유의어

■ 효빈동시(效顰東施) : 월나라의 미녀인 서시가 평소 위경련을 일으켜 눈살을 찌푸렸던 바, 옆집에 사는 추녀가 미인은 찌푸리는 것이라고 여겨 자기도 찌푸리기를 일삼았다는 고사에서 '함부로 남의 흉내를 냄'을 이르는 말.

한자풀이

邯(땅이름 한) 鄲(땅이름 단) 學(배울 학) 步(걸음 보)
效(본받을 효) 顰(찡그릴 빈) 東(동녘 동) 施(베풀 시)

유래

공자 모(牟)가 말했다.

"그대는 저 연나라 수도 수릉의 젊은이가 걸음걸이를 배우러 조나라 한단으로 갔다는 이야기를 듣지 못하였는가? 아직 그 나라의 걸음걸이도 능하지 못하였는데, 자기 나라의 걸음걸이마저 잊어버려 엉금엉금 기어서 돌아왔을 뿐일세. 당장 그대가 가지 않는다면, 장차 그대의 방법을 잊고 그대의 본분을 잃어버릴 것일세."

공손룡은 입을 벌린 채 다물지 못하고, 혀가 올라가서 내려오지 않아 곧 재빨리 도망쳤다.

심화 응용 및 이해

최근 우리 사회에 조기 유학과 유명 대학에서 탈락하거나 탈락을 우려한 도피성 유학이 성행하고 있다. 그러나 필자는 너무 성급한 조기 유학과 도피성 유학은 권하고 싶지 않다. 조기 유학의 경우, 현지에서 적응력이 빠를 수 있으나 한국에서 한국어와 문화를 제대로 습득하지 못한 상태에서 또 다른 이질적인 언어와 문화를 익히기 때문에 한단학보의 경우처럼 이도저도 능하지 못한 어정쩡한 사람이 될 수 있기 때문이다. 제아무리 해당 외국어와 문화에 능하더라도 한국어와 문화를 정확하게 알지 못하면 제대로 된 통역과 번역을 할 수 없다.

용례 한단학보는 한 민족과 개인의 정체성을 반성해 볼 수 있는 고사성어이다.

형설지공(螢雪之功)

반딧불이와 눈이 발하는 빛에서 얻은 공이란 뜻으로 온 갖 고생을 다하며 부지런히 학문을 닦는 것을 일컫는 말.

유의어

- 주경야독(晝耕夜讀) : 낮에는 밭을 갈고 저녁에는 책을 읽는다는 뜻으로 어려운 여건 속에서도 꿋 꿋이 공부함을 비유하는 말.
- 착벽인광(鑿壁引光) : 벽을 뚫어서 불빛을 끌어들 인다는 뜻으로, 어려운 환경에서도 그것을 극복 하여 열심히 공부함을 비유함.
- 현양자고(懸梁刺股) : 들보에 상투를 매달아 졸음 을 쫓으며 송곳으로 허벅다리를 찔러 잠을 깨우 는 각고의 노력으로 면학에 힘쓴다는 말.

한자풀이

螢(반딧불 형) 雪(눈 설) 之(갈 지) 功(공 공) 晝(낮 주) 耕(밭갈 경) 夜(밤 야) 讀(읽을 독) 鑿(뚫을 착) 壁(벽 벽)

引(끌 인) 光(빛 광) 懸(매달 현) 梁(들보 양) 刺(찌를 자)
股(넓적다리 고)

유래

《손씨세록》에 다음과 같은 이야기가 있다.

진나라 손강은 집안이 가난했기 때문에 등불을 켤 기름을 살 돈이 없어 겨울에는 항상 눈에 비추어 책을 읽었다. 어렸을 때부터 마음이 맑고 지조가 굳어 사귀고 노는 데도 뜻을 같이하지 않는 사람과는 교제하지 않는 등 잡되지 않았다. 후에 관직에 나아가 어사대부에 이르렀다.

진나라 차윤은 겸손하고 부지런하며 게으르지 않으면서 널리 많은 서적을 보고 많은 것을 통달했다. 그러나 집안이 가난했기 때문에 기름이 떨어지는 경우가 많아서, 여름에는 명주 주머니에 몇십 마리의 반딧불이를 잡아넣고 그 빛에 비추어 책을 읽으면서 밤에도 낮처럼 공부했다. 후에 환이 형주자사로 있을 때 그를 불러서 자신의 종사관으로 삼았는데 의리대로 잘 판별하여 크게 중용했다. 계속 벼슬에 나아가 정서장군의 장사가 되어 마침내 이름이 조정에 크게 알려졌다.

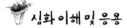 **심화 이해 및 응용**

  형설은 원래 반딧불이와 눈이란 뜻이지만 손강의 경우처럼 어려움을 극복하고 고학하는 것을 의미한다.

  변계량(卞季良 1369~1430)은 형설의 공을 이룬 이전서에게 다음과 같은 시를 남겼다. '십여 년 간 부지런히 형설의 공부를 하고 나니, 소년의 호기가 천지에 충만하네. 정원의 푸른 풀에 절반이나 봄이 가자, 달력을 가져다가 억지로 넘겨 봤네. 주역과 수리의 이치 쉽사리 밝혀지기 어려운데, 선생은 일관으로 집중하여 통달했소. 하늘의 근원과 달 속의 바위굴까지 일찍이 탐색하니, 해동에도 소옹 같은 위대한 학자가 있다는 걸 믿어야지.'

  용례 《연행록》에 중국인이 박지원에게 다음과 같이 고백했다. "우리 고향 사람들도 더러는 반딧불이를 주머니에 넣기도 하고 송곳으로 정강이를 찌르면서 글 공부하며, 아침에 나물 밥, 저녁엔 소금 찬으로 가난을 견디는 이가 많습니다. 그러한 정성을 하늘이 가엾게 여기셨음인지 때로 비록 하찮은 벼슬이지만, 만리 타향에 일터를 찾으려니 고향을 떠나 사는 건 마찬가지지요.

제2장
우정과 사랑

관포지교(管鮑之交)

관중과 포숙아 사이와 같은 사귐이란 뜻. 시세(時勢)를 떠나 친구를 위하는 두터운 우정을 일컫는 말.

유의어

- 빈한지교(貧寒之交) : 가난하고 어려울 때 사귄 친구.
- 저구지교(杵臼之交) : 귀천을 가리지 않는 교제.

한자풀이

管(대롱, 성 관) 鮑(절인 고기, 성 포) 之(갈 지) 交(사귈 교)
貧(가난할 빈) 寒(찰, 한미할 한) 杵(공이 저) 臼(절구 구)

유래

《사기》〈관안열전〉에 나오는 이야기로 관포는 관중과 포숙아를 말한다. 관중은 젊은 시절 포숙아와 사귀었는데, 훗날 관중은 포숙아에 대한 감사한 마음을 다음과 같이 술회했다.

"일찍이 곤궁했을 적에 포숙과 함께 장사를 했는데, 이익을 나눌 때마다 내가 몫을 더 많이 가지곤 했으나 포숙은 나를 욕심 많은 사람이라고 말하지 않았다. 내가 가난한 줄 알았기 때문이다. 일찍이 나는 포숙을 위해 사업을 경영했다가 실패해 다시 곤궁한 지경에 이르렀는데, 포숙은 나를 우매하다고 하지 않았다. 시운에 따라 이롭고 이롭지 않은 것이 있는 줄을 알기 때문이다.

일찍이 나는 세 번 벼슬길에 나갔다가 세 번 다 임금에게 쫓겨나고 말았지만, 포숙은 나를 무능하다고 하지 않았다. 내가 시운을 만나지 못한 줄 알기 때문이다. 일찍이 나는 세 번 싸웠다가 세 번 다 패해서 달아나고 말았지만 포숙은 나를 겁쟁이라고 하지 않았다. 나에게 늙은 어머니가 있는 줄을 알기 때문이다. 공자(公子) 규가 패했을 때, 동료이던 소홀은 싸움에서 죽고 나는 잡혀 욕된 몸이 되었지만 포숙은 나를 부끄러움을 모르는 자라고 하지 않았다. 내가 작은 일보다는 공명을 천하에 날리지 못하는 것을 부끄러워하는 줄 알기 때문이다. 나를 낳은 이는 부모이지만 나를 알아준 이는 포숙이다."

　관중은 소홀과 함께 양공의 공자인 규의 측근이 되었고 포숙아는 규의 동생인 소백의 측근이 되었다. 종제인 공손무시의 반란으로 양공이 죽임을 당하자 관중은 규를 받들고 노나라로 망명했고, 포숙아는 소백을 받들고 거나라로 망명했다.

　그러나 반란을 일으켰던 공손무지가 반대파에게 죽임을 당하여 제나라에는 왕위가 비어 있었다. 규와 소백 가운데 먼저 제나라에 돌아온 자가 왕위에 오를 수 있었으므로 둘 사이는 적대적의 관계가 되었다. 규는 소백보다 먼저 제나라에 돌아가려 했으나 뜻대로 되지 아니하였고, 반대로 소백은 제나라로 향했다. 이러한 정보를 얻은 관중은 규를 왕위에 앉히기 위해서는 소백을 죽이는 길밖에 없음을 알고 소백이 제나라로 돌아가는 도중에 매복하여 죽이려 했으나 실패하고 말았다.

　결국 소백은 제나라에 돌아와 왕위에 올랐으니 이가 곧 제환공이다. 왕위에 오른 제환공은 규를 죽이고 관중 또한 죽이려 했으나,

　"왕께서는 천하를 다스리고자 하신다면 관중을 살려

주시는 것이 좋을 것 같습니다."
하고 포숙아가 말렸다.

　환공은 포숙아의 말에 따라 관중을 살려 주었을 뿐만
아니라 대부에 임명하여 국정을 다스리게 했다. 과연
관중은 대재상으로서 재능을 마음껏 발휘하여 환공을
춘추 시대 제일의 지위에 올려놓았다.

> **용례** 두 사람은 눈빛만 보고도 상대방의 의중을 헤아릴
> 수 있는 관포지교의 우정을 쌓아가게 되었던 것이다.

미생지신(尾生之信)

미생의 믿음이란 뜻으로, 우직하고 융통성 없이 약속만을 굳게 지킬 때를 비유함.

유의어

- 계찰괘검(季札掛劍) : 신의를 중히 여김. 오나라의 계찰이 사신으로 가는 길에 서국(徐國)을 들르게 되었던 바, 그 나라 군주가 자기의 칼을 얻었으면 하는 마음을 알고 그에게 줄 것을 마음먹고 있다가 돌아오는 길에 서국에 들렀더니 군주는 이미 죽은 뒤라 그 칼을 그의 묘소에 걸어놓고 돌아왔다는 고사.

- 계포일락(季布一諾) : 한 번 한 약속은 틀림없이 지킴.

- 교주고슬(膠柱鼓瑟) : 거문고의 줄을 괴는 기러기 발을 갖풀로 고착하고 거문고를 탄다는 뜻으로, '규칙에 구애되어 변통을 알지 못함' 을 비유하여 이르는 말.

■ 금석맹약(金石盟約) : 쇠나 돌같이 단단하고 굳센
약속. 금석지약(金石之約).

 유래

노나라의 미생이라는 사람은 일단 남과 약속을 하면
어떤 일이 있어도 지키는 성격의 소유자였다. 어느 날,
자신이 사랑하는 여자와 다리 아래에서 만나기로 약속
했는데, 여자는 그 시간에 나타나질 않았다. '조금 더
조금 더' 하고 기다리고 있던 중 소나기가 쏟아져 큰 개
울물이 갑자기 불어났다. 그러나 미생은 '이 다리에서
만나기로 약속했으니, 이 자리를 떠날 수는 없다.'고 생
각하고 그 자리에서 교각을 붙잡고 버텼으나 급류에 휘
말려 떠내려가고 말았다.

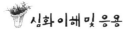

심화 이해 및 응용

미생의 행실에 대해 부정과 긍정적인 평가가 엇갈린다. 장자는 〈도척편〉에서 '미생 같은 자는 책형(기둥에 결박하여 세우고 창으로 찔러 죽이는 형벌)된 개, 물에 쓸린 돼지, 깨어진 사발을 한 손에 들고 걸식하는 거지와 같으며, 사소한 명목에 끌려 진짜 귀중한 목숨을 소홀히 하는 자이며, 참다운 삶의 도리를 모르는 어리석은 놈이니라.' 라며, 그 어리석음을 규탄하면서 이는 신의에 얽매인데서 오는 비극이라 했다.

그러나 전국 시대 유세가로 유명한 소진은 연나라 왕에게 자기의 주장을 역설하면서 미생의 이야기를 꺼내고는 신의가 두터운 사나이의 본보기로 칭찬했다. 마치 신라 눌지왕 때 박제상의 아내가 박제상이 일본에 볼모로 있는 왕자를 구출하고 자신은 체포되어 죽음을 당하여 돌아오지 않자, 수릿재에 올라가 높은 바위 위에서 멀리 왜국을 바라보며 통곡하다가 그대로 망부석이 된 것처럼 비극적이면서 순수한 사랑의 열정을 엿볼 수 있다.

용례 정약용(丁若鏞 1762~1836)은 〈오학론〉에서 '역경에 빠져 뜻을 얻지 못한 사람은, 아무리 증삼과 미생 같은 훌륭한 행실이 있고 저리자와 서수 같은 훌륭한 지혜를 지녔다 해도 대개가 실의에 빠져 초췌한 모습으로 슬픈 한을 안은 채 죽어가고 만다. 아, 이 얼마나 고르지 못한 일인가.'라고 한탄했다.

전전반측(輾轉反側)

생각과 고민이 많아 잠을 이루지 못하거나, 잠을 이루지 못해 뒤척임을 되풀이하는 것을 형용하여 '전전반측'이라 한다. 전(輾)은 반쯤 돌아 몸을 모로 세우는 것이고, 전(轉)은 뒹군다는 뜻이다. 반(反)은 뒤집음, 측(側)은 옆으로 세운다는 뜻으로 원래 아름다운 여인을 그리워하여 잠을 이루지 못하는 것을 비유한 말이다.

유의어

- 오매불망(寤寐不忘) : 자나깨나 항상 잊지 못함.
- 오매사복(寤寐思服) : 자나깨나 항상 생각하고 있음.

한자풀이

輾(구를 전) 轉(구를 전) 反(돌이킬 반) 側(기울 측)
寤(깰 오) 寐(잠잘 매) 不(아닐 불) 忘(잊을 망)
思(생각할 사) 服(옷, 입을 복)

🌸 유래

《시경》 국풍의 〈관관저구(關關雎鳩)〉의 한 구절이다.

구룩구룩 물수리는 강가 섬에 있도다.

요조숙녀는 군자의 좋은 짝이로다.

들쭉날쭉한 마름풀을 이리저리 헤치면서,

요조숙녀를 자나깨나 찾는구나.

구하여도 얻지 못하니 자나깨나 생각하누나.

생각하고 또 생각하여 이리저리 뒤척이는구나.

🌸 심화 이해 및 응용

이 시는 주나라 문왕이 아내 태사를 그리워하면서 읊은 노래이다. 시의 내용은 원래 아름다운 여인을 사모하느라 잠을 이루지 못하는 데서 나온 말이다. 그러던 것이 온갖 근심이나 생각에 골몰하여 잠을 이루지 못하는 경우에도 자주 사용되고 있다.

조선조의 문인 이식(李植 1584~1647)의 〈이수촌에서 묵으며 느낀 감회〉란 시에 '지친 말도 쉬게 할 겸 황량한 객점에 투숙하니, 봄인데도 강 사이엔 아직 찬 기운. 해 잠기니 먼 들불 눈 안에 들어오고, 마을이 고요하니 여울물 소리 선명하네. 옛날에 허엽이 인끈 집어던지고, 우리 소암 임숙영이 예전에 난초로 띠를 둘렀던 곳. 지나가다 이승 저승 갈린 길 생각하니, 전전반측 잠자리가 편안치 못하도다.' 라고 하어 먼저 이승을 떠난 친구들 생각에 잠자리에 들지 못할 때 사용하고 있다.

용례 그는 입사 시험에 대한 불안감으로 전전반측 잠을 못 이루는 날도 많았다.

조강지처(糟糠之妻)

지게미와 쌀겨를 먹으며 함께 고생을 나눈 아내라는
뜻으로 가난할 때에 함께 고생을 하며 살아온 본처.

糟(지게미 조) 糠(쌀겨 강) 之(갈, 조사 지) 妻(아내 처)

유래

후한 때 광무제의 누나인 호양공주는 남편과 사별한
과부였는데, 광무제는 조정의 신하들과 의논하여 시집
을 보내려고 호양공주의 의향을 슬쩍 떠보았다. 공주가
말했다.

"송홍과 같은 인품이나 기량은 다른 신하들이 미칠
바가 못 됩니다."

이에 광무제가 호양공주에게 말했다.

"알겠습니다. 생각해 보겠습니다."

그 뒤 광무제는 호양공주를 병풍 뒤에 미리 앉혀 놓
고 나서 송홍을 불러들여 그의 의중을 떠보았다.

"속담에 말하기를, 사람이 지위가 높아지면 옛 친구를 바꾸고 사람이 부유해지면 아내를 바꾼다고 한다는데, 사람이라면 다 그런 것 아니겠소?"

그러자 송홍이 내답했다.

"제가 듣기로는 가난하고 천할 때의 친구는 결코 잊지 않아야 하고 지게미와 쌀겨로 끼니를 이으며 함께 고생한 아내는 안방에서 내쳐서는 아니 된다고 하였습니다."

이 말을 들은 광무제는 호양공주에게 말했다.

"일이 잘 되지 않은 것 같습니다."

🪴 심화 이해 및 응용

예(禮)에 부인이 칠거지악을 범했어도 조강지처는 내쫓지 않는다고 했다. 칠거지악이란 유교권 사회에서 아내를 내쫓을 수 있는 입곱 가지 이유인데, 곧 시부모에게 순종하지 않고, 아들이 없거나, 음란·질투·악질(惡疾)이 있으며 말이 많고 도둑질을 한 경우이다. 그러나 설사 칠거지악을 범했어도 남편과 더불어 부모의 삼년상을 치르거나, 돌아갈 친정이 없으며 시집오기 전에는 시댁이 빈천했는데, 시집온 뒤에 온갖 고생을 무릅쓰고 집안을 부귀하게 만든 조강지처는 버려서는 안 된다는 조항이 있다. 이것이 아내를 내쫓을 수 없는 세 가지 이유로 삼불거라고 한다.

용례 그의 조강지처는 일찍 시집와서 집안을 일으켰지만 불행하게 병으로 별세했다.

죽마고우(竹馬故友)

대나무로 만든 말을 타고 놀던 친구라는 뜻. 어렸을 때부터 사귀어 온 오랜 친구를 이름.

유의어

■ 십년지기(十年知己) : 십년 동안 사귄 친구. 오래 사귄 친구.

한자풀이

竹(대나무 죽) 馬(말 마) 故(옛 고) 友(벗 우) 十(열 십) 年(해 년) 知(알 지) 己(자기 기)

 유래

제갈정은 오나라가 망하자 진나라로 돌아왔는데, 진 무제가 그를 대사마로 제수하여 불렀지만 끝내 나가지 않았다. 일찍이 진나라와는 원수 사이였으므로 늘 낙수 (洛水)를 뒤로하여 앉았다. 그러나 무제와는 어린 시절 친구였으므로, 무제는 너무 보고 싶었지만 기회가 없었

다. 이에 무제는 자신의 숙모이자 제갈정의 누이인 제
갈비를 시켜 제갈정을 부르게 했다. 제갈정이 들어오자
무제는 태비를 사이에 두고 서로 만났다. 예를 다하고
술자리를 마련하여 취기가 돌자 무제가 물었다.

"그대는 예전에 죽마를 타고 돌아다니던 좋은 시절이
생각나지 않는가?"

제갈정이 대답했다.

"저는 옛날 예양처럼 숯을 삼키지도 못 하고 몸에 옻
칠도 하지 못했는데, 오늘 다시 임금을 만나게 되었습
니다."

라며 눈물을 줄줄 흘렸다. 무제는 제갈정의 마음을 모
르고 억지로 만나고자 한 것이 부끄러워 밖으로 나갔다.

심화 이해 및 응용

　제갈정의 아버지 제갈탄은 무제의 아버지 사마소에
게 반기를 들었다가 살해당했다. 그리하여 제갈정과 무
제는 죽마고우임에도 불구하고 한 하늘 아래에서는 더
불어 살아갈 수 없는 원수 사이가 되었다. 하지만 무제
는 과거의 정리를 생각하여 제갈정에게 대사마라는 큰

벼슬을 내리고 화해의 손길을 펼쳤지만 제갈정은 과거예양이 원수를 죽이려고 했던 것처럼 행동하지 못한 자신을 부끄럽게 생각했다. 무제는 그의 마음을 확인하고 성급하게 그를 만나지고 한 것을 반성한 깃이다. 부모 사이의 원한과 친구 사이의 정리에서 번민하는 제갈정의 심정이 잘 묘사되어 있다.

용례 변계량(卞季良 1369~1430)이 술에 몹시 취하여 서도의 부윤으로 가는 죽마고우 철성군을 송별하며 다음과 같은 시를 썼다. '죽마고우된 지가 삼십 년이 넘었으나, 봄바람에 길 떠나니 아쉽기만 하네그려. 영명루 그 아래에 꽃밭이 바다 같아, 앉아서 강산 보면 이 몸이 생각날지.'

지란지교(芝蘭之交)

지초(芝草)와 난초(蘭草)같이 고상하고 청아한 교제를
이름.

유의어

- 근묵자흑(近墨者黑) : 먹을 가까이 하면 검어진다
  는 뜻. 친구나 사람을 가려 사귀라는 말.
- 근주자적(近朱者赤) : 붉은 빛을 가까이 하면 반드
  시 붉게 됨.
- 금란지교(金蘭之交) : 친구 사이가 너무 가깝기 때
  문에 그 벗함이 쇠보다 굳을 뿐 아니라 그 향기
  또한 난초와 같다는 말.

한자풀이

芝(지초 지) 蘭(난초 란) 之(갈 지) 交(사귈 교)
近(가까울 근) 墨(먹 묵) 者(사람 자) 黑(검을 흑)
朱(붉을 주) 赤(붉을 적) 金(쇠 금)

유래

　공자가 '선한 사람과 함께 있는 것은 향기로운 지초
와 난초가 있는 방 안에 들어간 것과 같아 오래되면 그
냄새를 맡지 못하게 되니, 이는 곧 그 향기와 더불어 동
화된 것이고, 선하지 못한 사람과 같이 있으면 절인 생
선 가게에 들어간 것과 같아서 오래되면 그 나쁜 냄새
를 알지 못하나 또한 그 냄새와 더불어 동화된 것이다.
붉은 주사를 지니고 있으면 붉어지고, 검은 옻을 지니
고 있으면 검어지게 되니, 군자는 반드시 그와 함께 있
는 자를 삼가야 한다.' 고 말한 데서 유래되었다.

심화 이해 및 응용

　지란은 원래 지초와 난초를 의미하지만 선인과 군자
를 비유하고, 지란지교는 친구 사이의 고상하고 청아한
교제라는 뜻이다. 장유(張維 1587~1638)가 절친한 벗인
김광욱을 송별한 장시에도 지란과 같은 자신의 우정을
다음과 같이 표현하고 있다. '그대도 보다시피 고갯마
루 저 매화는, 북쪽 가지 남쪽 가지 꽃 피는 때 다르
네. 피고 지는 그 시기 각각 달라도, 모진 풍상 이겨냄

은 한가지라오. 그대와는 어려서 심계(心契)를 맺고, 송백(松柏)처럼 변치 말자 맹세했다네. 고상한 지란 같은 취미 또 얼마나 기뻤던지, 사람들은 우리를 형제 같다고 여겼지요.'

용례 그 사람을 알지 못하거든 그 친구를 보라! 그가 지란지교를 맺었는지 확인할 수 있다.

제3장
가족과 효도

난형난제(難兄難弟)

형이 낫다고 하기도 어렵고, 아우가 낫다고 하기도 어렵다는 뜻. 두 사물 또는 두 사람이 우열을 분간하기 어려울 때 일컫는 말.

유의어

- 막상막하(莫上莫下) : 우열의 차가 없음.
- 백중지세(伯仲之勢) : 세력에 큰 차이가 없음. 백(伯)은 형을, 중(仲)은 아우를 이르며 서로 어금지금한 사이란 뜻.

한자풀이

難(어려울 난) 兄(맏 형) 弟(아우 제) 莫(없을 막) 上(윗 상) 下(아래 하) 伯(맏 백) 仲(버금 중) 之(갈 지) 勢(기세 세)

 유래

동한 때, 영천의 허지방 출신인 진식은 태구의 현령으로 있으면서도 검소하게 생활하고 매사에 공정했다.

그는 자신의 집안에 들어온 도둑을 '양상군자'라고 칭하면서 점잖게 타일러서 보낸 유명한 인물이다. 또 그의 두 아들인 진기와 진심도 명망이 드높아 진식과 더불어 '세 군자'라고 불릴 정도였다. 그런데 진기의 아들인 진군과 진심의 아들인 진충은 사촌 간에 서로 각각 자기 아버지의 공덕을 논하여 다투되 우열을 결정하지 못했다. 그래서 할아버지인 진식에게 물었다. 그러자 진식은 이렇게 말했다.

"형이 낫다고 하기도 어렵고 아우가 낫다고 하기도 어렵구나."

두 손자는 이 말을 듣고 모두 만족하여 물러났다. 이 고사는《세설신어》〈덕행편〉에 나온다.

심화 이해 및 응용

난형난제는 서로 실력이 비등하여 우열을 가릴 수 없다는 의미이다. 서거정(徐居正 1420~1488)이 〈함께 문무과에 급제하여 영친연을 베푼 최신은 형제에게 하례하는 시〉에 '그대 형제의 문과 무과는 난형난제라. 자자한 명성이 한 시대를 압도하네그려. 호방(虎榜)은 이미 용방(龍榜)을 따라서 나왔는데, 유림(儒林)은 우림(羽林)과 서로 영광을 겨루누나. 태평 시대 성대한 일이 과명(科名)을 이으리라.' 라고 하여 최씨 형제가 나란히 문과와 무과에 합격한 것을 난형난제로 표현하고 있다.

<용례> 북창 정렴은 원래 이인(異人)으로 학문을 통해 인격을 이루었다. 삼교(三敎)와 구류(九流)에 두루 통하였고 자품이 대단히 뛰어났다. 그의 아우 고옥 정작 역시 세속에 휩쓸리지 않고 고고했다. 초서와 예서를 잘 썼으며 시 읊기를 좋아하였으니 북창과 난형난제라고 할 만하다.

반포지효(反哺之孝)

까마귀 새끼가 자란 뒤에 늙은 어미에게 먹이를 물어다 주는 효성이라는 뜻으로, 자식이 자라서 부모를 봉양함을 이르는 말. 반포보은(反哺報恩)이라고도 함.

한자풀이

反(돌이킬 반) 哺(먹일 포) 之(갈 지) 孝(효도 효)

 유래

이밀(李密 224~287)의 《진정표》에 나오는 말이다.

"지금 저는 망국 촉한의 천한 포로와 같은 신세로서 아주 하잘것없는 몸인데도 분에 넘치는 발탁과 두터운 은총을 받았으니 어찌 감히 주저하면서 달리 바라는 바가 있겠습니까? 단지 병환 중에 계신 조모 유씨가 마치 해가 서산에 막 넘어가려는 것처럼 숨결이 끊어질 듯 말 듯 가냘파서 사람의 목숨이란 것이 그지없이 위태로우니, 아침이면 그 저녁에 어찌 되실지를 헤아리기 어렵습니다. 저에게 조모가 아니 계셨다면 오늘의 제가 있지 못했을 것이며, 또 조모에게 제가 없으면 여생을 편안히 마칠 수가 없을 것입니다. 조모와 손자 둘이 서로 의지하며 목숨을 이어 주고 이어받고 온 처지이니, 이 때문에 저는 애를 태우는 마음으로써 조모를 그대로 두고 멀리 떠날 수가 없는 것입니다. 저는 금년이 마흔넷이요, 조모 유씨는 금년이 아흔하고도 여섯입니다. 그러니 제가 앞으로 폐하께 충절을 다할 수 있는 날은 길고, 조모 유씨께 길러 주신 은혜를 갚아 효도를 다할 날은 얼마 남지 아니한 것입니다. 까마귀 새끼가 자라서 자신을 길러 준 늙은 어미새에게 먹이를 도로 물어다 먹여 주는 것과 같은 보은의 마음으로 조모의 돌아가시는 날까지 봉양할 수 있도록 해 주십시오."

심화 이해 및 응용

이밀은 어렸을 때 아버지가 죽고 어머니마저도 외삼촌의 강압에 의해 개가를 하여 부득이 할머니 유씨가 길렀다. 후에 무제가 이밀에게 관직을 내리고 불렀지만 아흔이 넘은 할머니를 봉양하기 위해 여러 차례 사양하며 자신의 처지를 반포지효에 비유한 것이다. 우리나라에서 까마귀는 흉조라고 생각한다. 그 까닭은 까마귀의 음침한 울음소리와 시체를 먹는 불결한 속성이 있어 까마귀 밥이 되었다고 하면 곧 죽음을 의미하기 때문이다. 그렇지만 인간도 까마귀에게 반드시 본받아야 할 습성도 있는 것이다.

용례 20년째 병든 노부모를 봉양하며 '반포지효'를 실천하는 60대 효부가 있어 어버이날을 앞두고 잔잔한 감동을 주고 있다.

의문지망(依門之望)

문에 기대어 바라본다는 뜻으로, 자녀가 돌아오기를 기다리는 어머니의 마음을 이르는 말. 의려지망(倚閭之望) 혹은 의문이망(倚門而望)이라고도 함.

유의어

■ 망운지정(望雲之情) : 타향에서 어버이를 그리워함.

한자풀이

依(의지할 의) 門(문 문) 之(갈 지) 望(바랄 망) 雲(구름 운) 情(뜻 정)

 유래

전국 시대 제나라 왕손가가 일찍이 민왕을 섬기다가 어느 날 민왕이 달아나버렸는데도 왕손가는 왕의 소재를 알지 못한 채 집으로 돌아왔을 때, 그의 어머니가 왕손가에게 이르기를, '네가 아침에 나가서 저녁에 돌아오거든 내가 문에 기대 서서 너 오기를 기다렸고, 네가 저

녘에 나가서 돌아오지 않을 때는 내가 이 문에 기대 서서 너 오기를 기다렸었다.' 라고 한 데서 유래한 말이다.

심화 이해 및 응용

조선조 명문장가로 알려진 이식의 〈원별행을 지어 고부로 가는 서제(庶弟) 이재를 전송하다〉란 시에 '의문지망'을 다음과 같이 인용했다.

"나에게 서제(庶弟)와 서매(庶妹) 있나니, 난초 싹 돋은 듯한 열다섯 열여섯 살. …… 뜻도 이룬 것 없이 세상과 자꾸만 어긋나서 양친에게 맛있는 음식 드리지도 못했나니, 어떻게 너를 기한에서 구할 수가 있었으랴! 작년엔 누이를 종모(從母)에게 맡겼나니, 사는 집은 광산 고을 읍성 밖 교외, 머나먼 천리 하늘 별빛만 함께 쳐다볼 뿐 얼굴 한 번 못 본 채 비통한 나날 보내노라. 내 동생아! 어찌 다시 남쪽으로 떠나는가? 사방을 떠도는 호구지책 꾀할 일이 못 되는데, 돌아올 너 문에 기대 기다릴 것[依門之望]을 알면서도, 집안의 어버이 걱정 덜어드리려 함이리라."

용례 정지상의 〈어머니에게 물품을 하사하심을 사례하는 표〉에 '예종께서 문(文)을 숭상하시는 때를 만나 과거에 급제하여, 갑자기 임금에게 직접 칭찬받는 영광을 얻었으니, 비로소 노모가 대문에 의지하여 기다리는 회포를 위로하게 되었다.'라고 하였다.

추원보본(追遠報本)

조상의 음덕을 추모하기 위해 '제사에 공경을 다함'을 일컫는 말.

유의어

■ 신종(愼終) : 어버이의 장례를 신중히 거행하는 것.

한자풀이

追(따를 추) 遠(멀 원) 報(갚을 보) 本(밑 본) 愼(삼갈 신)
終(마칠 종)

 유래

《논어》〈학이편〉에 증자가 말하길 '어버이의 장례를 신중히 거행하고[愼終] 조상에 대한 제사를 모셔 추모하면[追遠], 백성의 덕이 두터워질 것이다.'고 한데서 유래되었다.

유교 문화권의 대표적인 예식은 관혼상제라고 할 수 있다. 관례는 오늘날의 성인식이고, 혼례는 결혼식이며, 상례는 상중에 행하는 예식이고, 제례는 제사를 지내는 예식이다. 그 중에서 상례를 지내는 마음가짐은 신종(愼終)으로 어버이의 죽음을 신중하게 생각하며 온갖 정성을 다하여야 한다는 뜻이고, 제례를 지내는 마음가짐은 추원(追遠)으로 지금 살아계시지 못한 조상에 대한 음덕에 대해 공경을 다하여 추모하는 것이다. 그 밑바탕에는 효도와 인의의 정신이 종횡으로 이어지고 있는 것이기 때문에 단순한 조상이나 귀신 숭배의 맥락으로 이해해서는 안 된다.

용례 제사는 추원보본을 위한 것이지 단순히 귀신에게 아부하여 복을 구하기 위함이 아니다.

칠보지재(七步之才)

일곱 걸음에 시를 짓는 재주라는 뜻으로, 시를 빨리 잘 짓는 재주를 이르는 말. 본디 형제 간의 불화를 상징적으로 은유한 것임.

유의어

- 골육상쟁(骨肉相爭) : 뼈와 살이 서로 다툼. 같은 민족끼리 서로 다툼. 부자나 형제 간의 싸움을 이르는 말.
- 의마지재(倚馬之才) : 말에 기대어 서서 기다리는 짧은 동안에 만언(萬言)의 문장을 짓는 재주라는 뜻으로, 빠르게 잘 짓는 글재주를 이르는 말.

한자풀이

七(일곱 칠) 步(걸음 보) 之(갈 지) 才(재주 재) 骨(뼈 골) 肉(고기 육) 相(서로 상) 爭(다툴 쟁) 倚(의지할 의) 馬(말 마)

유래

　위나라 조조의 셋째아들 조식은 글재주가 뛰어났고 특히 시재는 당대의 대가들로부터 칭송이 자자할 정도로 출중했다. 그는 나이 열 살 때에 이미 글을 지었는데, 조조가 그의 문장을 보고 글을 누가 대신 지어 주었느냐고 묻자, 조식이 꿇어앉아 대답했다.

　"말을 하면 논설이 되고 붓을 대면 문장이 됩니다. 어찌 남의 것을 빌려 왔겠습니까?"

　조조는 이러한 셋째를 더욱 총애하게 되어 한때는 맏아들 조비를 제쳐 놓고 조식으로 후사를 이을 생각까지 했었다. 이 때문에 조비는 아우 조식을 몹시 미워했다. 조조가 죽은 뒤 조비는 위왕을 세습하고, 후한의 헌제를 폐한 후, 스스로 제위에 올라 문제라 일컬었다.

　어느 날 문제는 조식을 보고 자기가 일곱 걸음을 걷는 동안에 시를 지으라고 명령했다. 만약 그동안에 시를 짓지 못하면 칙명을 어긴 이유로 중벌에 처한다고 했다. 이에 조식은 일곱 걸음을 옮기며 다음과 같이 시를 지었다.

　'콩대를 태워서 콩을 삶으니, 가마솥 속에 있는 콩이

우는구나! 본디 같은 뿌리에서 태어났건만, 어찌하여 이다지도 급히 삶아대는가! [자두연두기(煮豆燃豆萁), 두재부중읍(豆在釜中泣). 본시동근생(本是同根生), 상전하태급(相煎何太急)]'

이는 조식이 자신의 형을 콩대에, 자신을 콩에 비유하여 형제 간에 못살게 들볶는 것을 상징적으로 표현한 것이다. 이 시가 바로 그 유명한 '칠보시'이다. 즉 '부모를 같이하는 친형제 간인데 어째서 이렇게 자기를 들볶는 것이냐'는 뜻을 넌지시 읊은 것이다. 문제는 이 시를 듣자 민망하여 얼굴을 붉히며 부끄러워했다고 한다. 또 조식의 천재적인 시 재능을 다시 한 번 천하에 과시하는 사건이 되었다.

심화 이해 및 응용

칠보시는 형제 간의 불화를 상징적으로 은유한 것이고, 칠보지재는 문학적인 자질이 매우 민첩한 것을 뜻한다. 장유는 〈호당의 모임을 기념하는 병풍에 쓴 글〉에서 '호당에는 달별 혹은 날짜별로 행해야 할 과정이 부여되어 있는 데다 어떤 때는 왕명을 전달하는 내시가

임금이 하사하는 술을 싸들고 임금이 친히 낸 시가의
제목을 받들고는 불시에 찾아와서 위로하며, 권면하는
일을 채 끝내기도 전에 그 자리에서 보답하는 글을 써
서 바지라고 요구를 하곤 하였으므로 칠보의 재주를 소
유하고 있지 못하는 한 낭패를 당하는 경우가 종종 벌
어지기까지 하였다.' 고 하였다.

> **용례** 그는 칠보지재를 지닌 탁월한 시인으로 평가받고
> 있다.

풍수지탄(風樹之嘆)

부모에게 효도를 다하려고 생각할 때에는 이미 돌아가셔서 그 뜻을 이룰 수 없음을 이르는 말.

한자풀이

風(바람 풍) 樹(나무 수) 之(갈 지) 嘆(탄식할 탄)

 유래

《한시외전》 9권에 나오는 말이다. 공자가 유랑하다가 하루는 몹시 울며 슬퍼하는 사람을 만났다. 그는 자신이 우는 까닭을 이렇게 말했다.

"저는 세 가지 잘못을 저질렀습니다. 그 첫째는 젊었을 때 천하를 두루 돌아다니다가 집에 와보니 부모님이 이미 세상을 떠나신 것이요, 둘째는 섬기고 있던 군주가 사치를 좋아하고 충언을 듣지 않아 그에게서 도망쳐 온 것이요, 셋째는 부득이한 사정으로 교제를 하던 친구와의 사귐을 끊은 것입니다. 무릇 나무는 조용히 있고자 하나 바람 잘 날이 없고[樹欲靜而風不止] 자식이 부모를 모시고자 하나 부모는 이미 안 계신 것입니다.[子欲養而親不待] 그럴 생각으로 찾아가도 뵈올 수 없는 것이 부모인 것입니다."

이 말을 마치고 그는 마른 나무에 기대어 죽고 말았다. 그러므로 효도를 다하지 못한 채 부모를 잃은 자식의 슬픔을 가리키는 말로 부모가 살아 계실 때 효도를 다하라는 뜻으로 쓰이는 말이다.

 심화 이해 및 응용

공자는 부모에 대한 효야말로 인에 이르는 근본이라는 가르침으로 '효도와 우애는 인을 이룩하는 근본인 것이다.[孝弟也者其爲仁之本與]'라고 하였다. 또 훗날 어떤 사람이 공자에게 '선생님께서는 왜 정치를 하지 않습니까?' 하고 묻자 공자가 대답했다.

"《서경》에 말하기를 '효도하라. 오로지 효도하고 형제에게 우애로움으로써 그것을 시정(施政)에 반영시켜라.' 하였소. 이것도 정치를 하는 일이거늘 어찌 따로 정치를 할 것이 있겠소."

이러한 공자의 효도 정신을 우리 선조들은 몸소 실천

하고 계승한 사람이 많았다.

이근명은 〈상복을 벗었으나 슬픔이 가시지 않았으므로 체차해 주기를 청하는 상소〉 중에 '신은 벼슬살이에 분주하여 자식의 도리를 오래도록 하지 못하였으며, 한갓 부모의 나이만을 알고 있었을 뿐 남은 날이 짧다는 것은 생각하지 못하였습니다. 반포지은을 본받지도 못했는데 풍수지탄에 갑자기 휩싸이니 세상 천지에 어찌 이런 사람이 있겠습니까?' 라고 한탄했다.

혼정신성(昏定晨省)

저녁에는 잠자리를 살피고, 아침에는 일찍이 문안을 드린다는 뜻으로, 부모에게 효도하는 도리를 이르는 말.

유의어

- 동온하청(冬溫夏淸) : 부모를 섬길 때, 겨울에는 따뜻하게 여름에는 서늘하게 한다는 뜻.
- 온청정성(溫淸定省) : 부모를 섬김에 있어 겨울에는 따뜻하게, 여름에는 시원하게 해드리고, 밤에는 이부자리를 펴드리며 아침에는 문안을 드린다는 뜻.

한자풀이

昏(어두울 혼) 定(정할 정) 晨(새벽 신) 省(살필 성)
冬(겨울 동) 溫(따뜻할 온) 淸(맑을 청)

유래

《예기》의 〈곡례편〉에 나오는 말이다. 즉, '무릇 남의 자식이 된 자의 예의는 겨울에는 따뜻하게 해 주고 여름에는 서늘하게 해 주며, 저녁에는 잠자리를 정해 주고 새벽에는 문안을 드리며, 동류끼리 다투지 않는다.'라는 글 중에 '저녁에는 잠자리를 정해 준다.'는 뜻의 '혼정'과 '새벽에는 문안을 드린다'는 뜻의 '신성'의 결합으로 이루어진 말이다.

심화 이해 및 응용

자식이 부모에 대한 사랑과 공경을 표현한 일체의 행위가 곧 효, 또는 효행이다. 효는 모든 행위의 근본이기 때문에 '백행지본'이라고 하며 동서고금을 막론하고 가장 으뜸되는 덕목이다.

공자는 이러한 효에 대해 그 구체적인 덕목과 실천 방법을 제시하여 확고히 정착시켰다. 이 유교적인 효 사상은 맹자에 와서는 자식의 부모에 대한 의무가 더욱 강조되었고, 한대(漢代)에 이르러 《효경》에서 도덕의 근원, 우주의 원리로서 명문화되기에 이르렀다.

용례 선생은 매일 의관을 정제하고 아침 문안을 올리는 등 조석으로 부모를 돌보는 혼정신성의 효행을 몸소 실천한 효자로 알려졌다.

제4장
인물과 인재

군계일학(群鷄一鶴)

닭의 무리 속에 한 마리의 학. 평범한 사람들 중에 뛰어난 한 사람이 섞여 있음을 비유한 말. 학립계군(鶴立鷄群)이나 계군일학(鷄群一鶴)이라고도 함.

유의어

■ 발군(拔群) : 여럿 가운데서 특별히 뛰어남.
■ 백미(白眉) : 원래 흰 눈썹을 가리키지만 여럿 중에 가장 뛰어남을 이름. 옛날 촉의 마씨 집안 형제 중 눈썹 속에 흰 털이 있는 마량이 제일 뛰어났던 데서 유래된 말.
■ 절윤(絶倫) : 월등하게 뛰어남. 출중함.

한자풀이

群(무리 군) 鷄(닭 계) 一(한 일) 鶴(학 학) 拔(뺄 발)
白(흰 백) 眉(눈썹 미) 絶(끊을, 뛰어날 절)
倫(윤리, 순서 윤)

유래

죽림칠현 중 위나라 혜강의 아들로 소가 있었는데 10살 때 아버지를 여의고 홀어머니와 살고 있었다. 당시 죽림칠현의 한 사람으로 이부에서 벼슬하던 산도가 무제에게 다음과 같이 아뢰었다.

"《서경》에 아비의 죄는 아들에게 미치지 않으며 아들의 죄는 그 아비에게 미치지 않는다고 기록되어 있습니다. 비록 혜소는 혜강의 아들이나 그 슬기나 지혜는 뛰어납니다. 그에게 비서랑 벼슬을 시켜 주십시오."

"그대가 추천할 만한 사람이라면 비서승에 등용해도 능히 그 일을 감당할 것이나 어찌 단지 비서랑의 직을 내리겠는가?"

이렇게 말하면서 무제는 혜소를 비서랑보다 한 단계 높은 벼슬인 비서승으로 등용했다. 혜소가 처음으로 낙양에 들어갔을 때 어떤 사람이 칠현의 한 사람인 왕융에게 다음과 같이 말했다.

"그저께 많은 혼잡한 군중 속에서 혜소를 처음 보았습니다. 그의 드높은 혈기와 기개는 마치 '닭의 무리 속에 있는 한 마리의 학'과 같더군요."

이 말을 듣고 왕융은 대답했다.

"그것은 자네가 그의 부친을 애초부터 본 적이 없기 때문일 것이네."

 심화 이해 및 응용

위진 시대에 정치에서 물러나 하남성 복동부에 있는 죽림에서 청담을 논하며 자유자적하게 살았던 죽림칠현이 있었다. 그런데 이 중에 혜강이 무고죄로 사형을 당하자 그 아들 혜소는 어머니를 모시고 은둔해 살았다. 이에 산도는 혜소가 능력을 감추고 사는 것이 안타까워 무제에게 천거했다. 이에 무제는 혜소를 비서승에 등용하였고, 혜소는 비서승이 되어 후일 반란군에 포위된 무제를 지키기 위해 대신 화살에 맞아 죽는 충절을 보였다.

> **용례** 송강 정철은 호방하고 준걸스러워 군계일학처럼 우뚝 뛰어난 사람이다. 우계 성혼과 율곡 이이 등이 추대하였고, 심지어 '얼음처럼 맑고 옥처럼 깨끗하며 순결한 마음을 가지고 나라를 위해 일한 사람'이라고 칭송했다.

낭중지추(囊中之錐)

주머니 속에 있는 송곳이란 뜻으로, 재능이 아주 빼어난 사람은 숨어 있어도 저절로 남의 눈에 드러난다는 비유적 의미. 추처낭중(錐處囊中)이라고도 함.

한자풀이

囊(주머니 낭) 中(가운데 중) 之(갈 지) 錐(송곳 추)

 유래

전국 시대 말엽, 진나라의 공격을 받은 조나라 혜문왕은 동생이자 재상인 평원군을 초나라에 보내어 구원군을 청하기로 했다. 이에 평원군은 그의 3000여 식객 중에서 문무의 덕을 지닌 20명을 거느리고 가기로 약속했다. 그런데 19명은 쉽게 뽑았으나, 나머지 한 명을 뽑지 못한 채 고심했다. 이때에 모수라는 식객이 나서며 자신을 데려가라고 했다.

평원군은 어이없어 하며 모수가 자신의 집에 온 지 얼마나 되었느냐고 되물었다.

"이제 3년이 됩니다."

"재능이 뛰어난 사람은 마치 주머니 속의 송곳 끝이 밖으로 나오듯이 남의 눈에 드러나는 법이오. 그런데 내 집에 온 지 3년이나 되었다는 그대는 단 한 번도 이름이 드러난 일이 없지 않소?"

라며 평원군이 반문했다.

"나리께서 이제까지 저를 단 한 번도 주머니 속에 넣어 주시지 않았기 때문입니다. 하지만 이번에 주머니 속에 넣어 주신다면 끝뿐이 아니라 자루(炳)까지 드러내 보이겠습니다."

모수의 재치 있는 답변에 만족한 평원군은 그를 수행원으로 뽑았는데, 19인이 모수를 경멸하여 눈과 눈이 마주치면 서로 웃으나 입 밖에 내서 조소하지는 않았다. 그러나 모수가 초나라에 이르는 동안 이들과 의론하여 모두 복종시켰다.

 심화 이해 및 응용

초나라에 도착한 평원군과 그 일행은 초나라와 합종을 종일토록 논하였으나 결정을 짓지 못했다. 이에 모수로 하여금 당상에 올라 설득하게 하였다. 모수는 칼 자루를 잡고 계단을 뛰어올라가 초나라와 조나라의 합종 맹약을 무사히 성사시킬 수 있었다. 조나라로 돌아온 평원군은 이렇게 말했다.

"나는 다시는 인물을 쉽게 감정하지 않겠다. 지금까지는 내가 천하의 인물을 잘못 본 적이 없었다고 자부했다. 그런데 이번에 모수 선생의 경우에는 잘못 본 것이다. 모수는 한 번에 초나라에 가서 조나라의 위신을 세웠다. 또 세 치 혀로 백만의 군사보다 강대한 역할을 했다. 나는 감히 다시 인물을 감정하지 않겠다."

그리고 드디어 모수를 상객(上客)으로 삼았다.

용례 세계비보이대회 석권 등 한국 비보이가 보여 준 실력은 그들의 땀과 열정이 낳은 결정체라는 것을 많은 사람이 인정했다. 마치 주머니 속의 송곳인 낭중지추처럼 능력과 재주가 뛰어난 사람은 겉치레에 힘쓰지 않아도 저절로 사람들에게 알려지는 법이다.

대기만성(大器晩成)

큰 그릇은 늦게 만들어진다는 뜻. 곧 크게 될 사람은 늦게 이루어짐의 비유. 만년이 되어 성공하는 사람이나 혹은 과거에 낙방한 선비를 위로하여 이르던 말.

유의어

- 대기난성(大器難成) : 큰 그릇은 어렵게 이루어짐.
- 대재만성(大才晩成) : 큰 재능을 지닌 사람은 늦게 이루어짐.

한자풀이

大(큰 대) 器(그릇 기) 晩(늦을 만) 成(이룰 성)
難(어려울 난) 才(재주 재)

 유래

《노자》 41장에 '큰 네모는 모서리가 없으며 큰 그릇은 늦게 만들어진다.'는 말에서 유래되었다. 큰 그릇이나 인물은 짧은 시간에 만들어지는 것이 아니라는 말이다.

삼국 시대, 위나라에 최염이란 풍채 좋은 유명한 장군이 있었다. 그러나 그의 사촌 동생인 최림은 외모가 시원치 않아서인지 출세를 못 하고 일가 친척들로부터도 멸시를 당했다. 하지만 최염만은 최림의 인물됨을 꿰뚫어보고 이렇게 말했다.

"큰 종이나 솥은 그렇게 쉽사리 만들어지는 게 아니네. 그와 마찬가지로 큰 인물도 대성하기까지는 오랜 시간이 걸리지. 너도 그처럼 '대기만성' 하는 그런 형이야. 두고 보라구. 틀림없이 큰 인물이 될 테니……."

과연 그 말대로 최림은 마침내 천자를 보좌하는 삼공 중 한 사람이 되었다.

> **용례** 그는 가정이 가난하여 대학 진학에도 어려움을 겪었지만 성실한 자기 개발로 대기만성의 꿈을 이뤘다.

백락일고(伯樂一顧)

백락이 한 번 돌아다본다는 뜻으로, 훌륭한 사람에게
인정받음을 이르는 말.

한자풀이

伯(맏 백) 樂(즐길 락) 一(한 일) 顧(돌아볼 고)

 유래

백락은 중국 춘추 시대의 유명한 말 감정가로서 아무
리 뛰어난 명마도 백락을 만나지 못하면 그 진가가 알
려지지 않을 정도였다. 하루는 그 백락에게 어떤 자가
말을 팔려고 시장에 내놓았으나 쉽게 팔리지 않는다며
한 번만 보아 달라고 부탁했다. 이에 백락이 지나갔다
가 다시 한 번 돌아다보자, 그 말 값이 갑자기 열 배나
뛰었다고 한다.

조선의 개국공신인 정도전의 〈인재를 얻음이 한 재상을 얻음만 같지 못하다〉는 글 중에 '무릇 백 필의 천리마를 얻음은 한 사람의 백락을 얻음만 같지 못하고, 백 자루의 태아(太阿, 보검의 이름)를 얻음이 한 사람의 구야(甌冶, 오나라 사람으로 칼을 잘 만들었음)를 얻음만 같지 못하다. 백 필의 천리마는 때로 병들어 노둔해지기도 하고, 백 자루의 보검도 때로는 부러지고 이가 빠질 수 있으나, 백락·구야가 있다면 온 천하의 좋은 말과 좋은 칼을 어찌 구해 얻지 못하겠는가?' 라고 했다.

> **용례** 아무리 백락을 만난다고 해도 자신이 비루먹은 말이라면 아무 소용이 없다.

백미(白眉)

중국 촉나라 마량의 5형제 중 흰 눈썹이 섞인 마량의 재주가 가장 뛰어나다는 데서 온 말로, 어릿 중에서 가장 뛰어난 사람이나 물건을 이르는 말.

한자풀이

白(흰 백) 眉(눈썹 미)

 유래

삼국이 서로 패권을 다툴 무렵, 촉나라에 마량이라는 자가 있었다. 그는 제갈량과 문경지교를 맺은 사이로, 뛰어난 덕성과 지모로 남쪽 변방의 오랑캐들을 평정하는데 큰 활약을 했다. 마량의 형제는 다섯이었고, 그 중 맏이인 마량은 태어날 때부터 눈썹에 흰 털이 섞여 있어 '백미(흰 눈썹)'라는 별명으로 불렸다. 그들은 모두 재주가 비범하여 명성이 자자했는데 그 중에서 마량이 가장 뛰어났다. 이로부터 '백미'는 여릿 중에서 가장 뛰어난 사람이나 사물을 가리키는 말로 사용되었다.

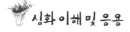 **심화 이해 및 응용**

조선조의 문인 이익(李瀷 1681~1763)의 《성호사설》에 나오는 〈백미〉란 글이다.

"마량의 자는 계상인데 그 당시 '마씨의 오상 중에 백미가 가장 어질다.' 고 일컬었으니, 그는 눈썹에 흰 털이 있음으로써다. 그의 자가 계(季)이고 보면 맏이는 아닌 게 분명한데, 지금 사람들은 도리어 두보의 시에, '장형(長兄)의 백미는 하늘이 다시 열어 주었다.' 라는 글귀가 있음을 들어 맏형을 백미라 한다고 하니, 이는 그릇된 것이다. 이백이 자기 족제(族弟)에게 준 시에, '술잔치를 벌여 혜련을 전송하니, 우리집에선 백미라 일컫는다네.' 라 하였고 또 '막내 삼촌이 영웅의 기풍이 있어, 우리집에서 백미라 일컫는다네.' 하였으니, 이것은 제대로 맞은 것이다. 두보의 뜻으로 말하면, 그 특별히 빼어남이 마씨의 최량(最良)이와 같다는 것이다. 혹은, '마속은 그 중에 넷째라.' "

> **용례** 세계대회에서 주목받는 프로 선수와 숨어 있는 아마추어 고수 간의 자존심을 건 한판 승부가 대회의 백미이다.

삼고초려(三顧草廬)

유비가 제갈공명을 세 번이나 찾아가 군사(軍師)로 초빙한 데서 유래한 말로, 임금의 두터운 사랑을 입는다는 뜻과 혹은 인재를 맞기 위해 참을성 있게 힘쓴다는 의미.

유의어

■ 토포악발(吐哺握髮) : 식사 중에 음식물을 뱉어내고, 머리를 감고 있을 때에는 머리를 거머쥐고 찾아온 손님을 맞이했다는 옛날 주공의 고사에서 '현사(賢士)를 얻기 위해 애씀'을 일컫는 말.

한자풀이

三(석 삼) 顧(돌아볼 고) 草(풀 초) 廬(농막집 려)
吐(토할 토) 哺(먹을 포) 握(쥘 악) 髮(터럭 발)

유래

후한 말엽, 유비는 관우, 장비와 의형제를 맺고 한실 부흥을 위해 군사를 일으켰다. 그러나 군기를 잡고 계책을 세워 전군을 통솔할 군사가 없어 늘 조조군에게 고전을 면치 못했다. 어느 날 유비가 은사인 사마휘에게 군사를 천거해 달라고 청하자 그는 이렇게 말했다.

"복룡이나 봉추 중 한 사람만 얻으시오."

"대체 복룡은 누구고, 봉추는 누구입니까?"

그러나 사마휘는 말을 흐린 채 대답하지 않았다. 그 후 제갈량의 별명이 복룡이란 것을 안 유비는 즉시 수레에 예물을 싣고 양양 땅에 있는 제갈량의 초가집을 찾아갔다. 그러나 제갈량은 집에 없었다. 며칠 후 또 찾아갔으나 역시 출타하고 없었다.

"전번에 다시 오겠다고 했는데 이거, 너무 무례하지 않습니까? 듣자니 그 자는 아직 나이도 젊다던데……. 그까짓 제갈공명이 뭔데. 형님, 이젠 다시 찾아오지 마십시오."

마침내 함께 동행했던 관우와 장비의 불평이 터지고 말았다.

"다음엔 너희들은 따라오지 말아라."

관우와 장비가 극구 만류하는데도 유비는 단념하지 않고 세 번째 방문길에 나섰다. 그 열의에 감동한 제갈량은 마침내 유비의 군사가 되어 석벽대선에서 조조의 백만 대군을 격파하는 등 많은 전공을 세웠다. 그 후 제갈량의 헌책에 따라 위나라의 조조, 오나라의 손권과 더불어 천하를 삼분하고 한실의 맥을 잇는 촉한을 세워 황제를 일컬었으며, 지략과 식견이 뛰어나고 충의심이 강한 제갈량은 재상이 되었다.

심화 이해 및 응용

제갈량이 유비의 삼고초려의 정성에 감동하여 세속으로 나가서 마침내 촉한을 건국하게 하고 한실(漢室)의 회복에 충성을 다했던 고사는 대대로 숱한 사람들에게 회자되었다.

조선조의 문인 이산해(李山海 1539~1609)의 〈남양의 구릉 위에서 제갈공명을 생각하며〉란 시에서 '몸 수고롭고 음식 적은데 일 어찌 많은지, 사마중달의 기이한 재주 무후(武侯, 제갈량)에 버금갔지. 본래 하늘은 사마씨를 도왔나니, 왕좌가 유씨를 부흥시킬 수 있는 건 아니라네. 성패는 접어두고 나라를 위해 애썼나니, 당시 하늘의 해가 붉은 충심을 비추었지. 어느 누가 군신의 의리에 밝지 못하여, 평생 와룡이 되는 게 나았다 함부로 말하나! 달인은 세상에 깊이 숨음을 중시하나니, 산 밖에서 누가 향기로운 성명 전했는가! 당시에 선주의 삼고초려가 없었더라면, 평생을 남양에 누워 좋은 복을 누렸을 테지.' 라고 읊었다.

> **용례** 실력 있는 인재를 얻기 위해서라면 삼고초려하는 마음자세가 필요하다.

양상군자(梁上君子)

대들보 위에 있는 군자라는 뜻으로, 도둑을 미화하여
점잖게 부르는 말.

유의어

■ 녹림호걸(綠林豪傑) : 도적의 딴 이름. 녹림은 중
국 호북성에 있는 산 이름으로 왕망 때 왕광·
왕봉 등 도적의 무리가 이 산에 웅거한 데서 이
르는 말.

한자풀이

梁(대들보 양) 上(윗 상) 君(임금 군) 子(아들 자)
綠(초록빛 녹) 林(수풀 림) 豪(호걸 호) 傑(뛰어날 걸)

유래

후한 말, 태구 현감이었던 진식은 인정이 많아 남의
사정을 잘 알아주며 무슨 일이든 공정하게 잘 처리했다.
흉년이 들어 백성들의 살림이 무척 어려웠던 어느 해,

진식이 집에서 책을 읽고 있는데 한 사나이가 몰래 안으로 들어오더니 대들보 위에 올라가 웅크리고 있는 것이었다. 진식은 못 본 체하고 계속 책을 읽고 있다가, 아들 손자들을 불러들여 훈계하여 말하기를,

"무릇 사람은 스스로 부지런히 힘쓰지 않으면 안 된다. 그러나 나쁜 짓을 하는 사람이라 해도 그 본바탕이 나쁜 것은 아니다. 버릇이 어느새 습성이 되어 좋지 못한 일을 저지르게 되는 것이다. 이를테면 지금 대들보 위(梁上)에 있는 저 군자(君子)도 마찬가지로 그런 사람이다."

라고 했다. 도둑은 이 말을 듣고 몹시 놀라고 양심의 가책을 느껴 대들보 위에서 내려와 사죄하였다. 진식은,

"자네는 악인 같아 보이지 않는군. 필시 가난 때문에 이런 짓을 했겠지?"

하고 말한 후에 비단 두 필을 주어 돌려보냈다. 이런 일이 있은 다음부터는 그 고을에 도둑이 없어졌다고 한다.

어느 시대나 도적을 미워하고 경계하며 잡으면 형벌로 엄히 다스린다. 그러나 우리 선조들 중에는 좀도둑에 대해 형벌로 다스리기보다는 도둑의 도덕성 회복과 교화에 관심을 둔 선비가 많았다. 예컨대 김종직(金宗直 1431~1492)은 시골집 서당에 도둑이 들어 벽을 뚫고 서책을 다 훔쳐갔다는 소식을 듣고 다음과 시를 지어 도적에게 고했다.

'평생 사 모은 것이 겨우 천 권이니,

책이 많았던 이공택의 산방에 감히 비길손가!

훔친 솜씨를 보니 양상군자 같구나.

시서(詩書)는 입 속의 구슬도 아니니,

배워서 자기 몸 위하면 용서하지만,

팔아서 돈 만들면 어찌 우리들의 무리겠는가?

담과 문 조심 않은 책임이 있으니,

집 지킨 종이나 벌을 주겠네.'

용례 '양상군자'란 말이 있는가 하면 '녹림호걸'이란 말도 있다. 앞의 것은 집도둑이요, 뒤의 것은 산도둑이다.

제5장
처신과 처세

과전이하(瓜田李下)

오이밭에서는 신을 고쳐 신지 않는다는 '과전불납리'
와 오얏나무 밑에서는 깃끈을 고치지 말라는 '이하부정
관'의 축약어로, 의심받을 짓은 아예 처음부터 하지 말
라는 뜻.

유의어

- 과전불납리(瓜田不納履) : 오이밭에서는 신을 고
  쳐 신지 않는다.
- 이하부정관(李下不整冠) : 오얏나무 밑에서 갓끈
  을 고치지 않는다.

한자풀이

瓜(오이 과) 田(밭 전) 李(오얏 이) 下(아래 하) 不(아닐 불)
納(바칠 납) 履(신 리) 整(가지런할 정) 冠(갓 관)

유래

제나라의 위왕은 간신인 주파호의 아부하는 말만 믿고 정사를 잘 다스리지 못하였다. 이에 위왕의 후궁인 우희가 보다 못해서 왕께 '파호는 속이 검은 사람이니 등용해서는 안 되며, 북곽 선생은 현명하고 덕행이 있는 분이라 등용하시옵소서.' 하고 간했다. 이 말을 전해들은 파호는 도리어 우희와 북곽 선생 사이가 수상쩍다고 모함하였다. 그리하여 위왕이 우희를 국문하자 우희가 '지금 간사한 무리들이 소첩을 모함하고 있을 뿐 결백하옵니다. 만약 죄가 있다면 오이밭에서 신을 바꾸어 신지 않고, 배밭을 지날 때에 갓을 고쳐 쓰지 않는다는 가르침에 따르지 않고 의심받을 수 있는 행위를 한 것뿐이옵니다. 그러나 설사 죽음을 당한다 할지라도 소첩은 더 이상 변명하지 않겠습니다. 다시 한 번 말씀드리거니와 파호에게 국정을 맡기심은 나라의 장래를 위해 매우 위태로운 일입니다.' 하고 아뢰었다. 위왕은 비로소 깨닫고 간신 아대부와 파호를 삶아 죽이게 했으며, 그 후 제나라는 잘 다스려졌다고 한다.

《문선》의 〈군자행〉이란 시에 '군자는 오이밭에서 신을 신지 않고, 오얏나무 아래서 갓을 바로잡지 않는다. 겸손에 힘써 그 바탕을 얻어, 세상에 어울리기는 심히 유독 어렵도다.' 고 하였다.

> **용례** 현 정권은 '까마귀가 날자 배 떨어진다.'는 뜻인 '오비이락' 처럼 자신들은 아무 관계없이 한 일이 공교롭게 다른 일과 때가 같으므로 무슨 관련이 있는 것처럼 혐의를 받게 되었다고 주장하지만 그렇다면 애초부터 과전이하하는 행동을 보이지 말았어야 했다.

군자삼락(君子三樂)

군자의 세 가지 즐거움이 있다는 말.

한자풀이

君(임금, 군자 군) 子(아들, 존칭 자) 三(석 삼)
樂(즐거울 낙)

 유래

맹자가 다음과 같이 말했다.

"군자에게는 세 가지 즐거움이 있는데, 천하에 왕노릇하는 것은 거기에 들어 있지 않다. 부모가 다 생존하고, 형제들에 연고가 없는 것이 그 첫 번째의 즐거움이다. 우러러보아서 하늘에 부끄럽지 않고, 굽어보아서 사람에게 부끄럽지 않은 것이 두 번째 즐거움이다. 천하의 뛰어난 영재를 얻어서 교육하는 것이 세 번째 즐거움이다. 군자에게는 세 가지 즐거움이 있으나 천하에 왕노릇하는 것은 거기에 들어 있지 않다."

맹자의 세 가지 즐거움 중에는 세속적인 권력과 영예는 들어 있지 않고 자신과 부모 형제를 중심으로 한 마음의 즐거움을 우선적으로 취했고 마지막으로 영재교육을 꼽았다. 《논어》〈계씨편〉에서 공자는 우리를 이익되게 하는 세 가지 즐거움을 다음과 같이 말하고 있다. '유익한 세 가지 즐거움은, 예악을 절도에 맞게 행하는 것을 좋아하고, 남의 선을 말하기를 좋아하며 어진 벗을 많이 가지기를 좋아하는 것이다. 또한 해로운 세 가지 즐거움은 교만 방탕의 즐거움을 좋아하고, 편안히 노는 즐거움을 좋아하며, 잔치를 베푸는 즐거움을 좋아하는 것이다.' 라고 했다.

용례 선생은 맹자가 말한 군자의 삼락 중에 영재를 얻어서 교육하는 즐거움을 느끼기 위하여 교직에 들어섰다고 한다.

기인지우(杞人之憂)

기나라 사람의 근심, 쓸데없는 군걱정을 이르는 말.

유의어

- 기우(杞憂) : 쓸데없는 걱정.
- 무병신음(無病呻吟) : 아픈 곳이 없는데도 앓는 소리를 함.
- 배중사영(杯中蛇影) : 술잔 속에 비친 뱀의 그림자란 뜻. 쓸데없는 의심을 품고 스스로 고민함을 비유함.
- 의심암귀(疑心暗鬼) : 마음에 의심하는 바가 있으면 갖가지 망상이 생겨남.

한자풀이

杞(구기자 기) 人(사람 인) 憂(근심 우) 無(없을 무)
病(병 병) 呻(끙끙거릴 신) 吟(읊을 음) 杯(잔 배)
中(가운데 중) 蛇(뱀 사) 影(그림자 영) 疑(의심할 의)
心(마음 심) 暗(어두울 암) 鬼(귀신 귀)

유래

《열자》에 나오는 고사이다. 즉, 옛날 중국 기나라에 하늘이 무너지면 몸둘 바가 없을 것이라 걱정하여 침식을 전폐하는 사람이 있었는데, 이 소리를 들은 어떤 사람이 이를 딱하게 여겨 일부러 그 사람에게 가서 깨우쳐 말하였다.

"하늘은 기운이 가득 차서 이루어진 것이니 어찌 무너져서 떨어지리오."

"하늘이 과연 기운이 쌓여 이루어졌다면 해와 달과 별은 마땅히 떨어지지 않으리오?"

"해와 달과 별도 또한 기운이 쌓여 있는 가운데 빛이 있는 것이라. 비록 떨어지더라도 또한 능히 맞아서 상하는 바가 없느니라."

"어찌 땅은 무너지지 않으리오?"

"땅은 기운이 뭉쳐서 이루어진 것이니 어찌 그 무너지는 것을 근심하리오."

그 사람이 근심을 풀고서 크게 기뻐하고, 일깨워 준 사람도 걱정을 풀고서 크게 기뻐하더라.

심화 이해 및 응용

조선조의 문인 김인후(金麟厚 1510~1560)가 6세 때, 한 손님이 하늘을 가리켜 글제를 내니 운자를 청하고 글을 짓기를, '모양은 둥글어 지극히 크고 또 지극히 현묘(玄妙)한데, 까마득히 아득하게 주위를 둘렀도다! 덮여 있는 그 가운데 만물을 용납하니, 기나라 사람은 어인 일로 무너질까 걱정을 했던가?' 라고 하였다.

또 김집(金集 1573~1656)은 '남쪽 지방에도 계절은 바뀌어, 큰 별이 흐르는 칠월이 되었네그려. 가는 물 따라 세월은 흘러가고, 외로운 배 위엔 석양이 지고 있네. 송옥도 그를 느껴 슬퍼했던가. 기인은 쓸데없는 걱정만 했지, 이 못난 인생 있을 곳이 없어, 될 대로 되라고 맡겨 버렸다네.' 라는 시를 지었다.

> **용례** 기인지우를 흔히 줄여서 '기우'라고 사용한다. '너의 걱정은 기우에 불과해!' 이런 식으로……

마이동풍(馬耳東風)

말의 귀에 동풍이라는 뜻으로, 남의 비평이나 의견을 조금도 귀담아듣지 아니하고 흘려 버림을 이르는 말.

유의어

- 대우탄금(對牛彈琴) : 소를 위하여 거문고를 탄다는 뜻으로, '어리석은 사람에게 도를 깨치게 해도 되지 않음'을 비유함.
- 우이독경(牛耳讀經) : 쇠귀에 경읽기. 어리석은 사람에게는 아무리 가르쳐도 알아듣지 못하여 소용없다는 말.
- 수수방관(袖手傍觀) : 팔짱을 끼고 곁에서 보고만 있음. 돕지 아니하고 옆에서 구경만 하고 있음.

한자풀이

馬(말 마) 耳(귀 이) 東(동녘 동) 風(바람 풍) 對(대할 대)
牛(소 우) 彈(탄알 탄) 琴(거문고 금) 讀(읽을 독)
經(날, 경서 경) 袖(소매 수) 手(손 수) 傍(곁 방) 觀(볼 관)

유래

    당나라 때, 왕십이가 이백에게 〈추운 밤에 홀로 술잔을 들며 수심에 잠긴다〉란 시에 보내자, 이백이 〈답왕십이한야독작유회(答王十二寒夜獨酌有懷)〉라는 시로 답한데에서 유래되었다. 즉, '……북창에 앉아 시를 읊고 부를 짓지만, 수많은 말은 한 잔 술만도 못한 법이라. 세상 사람들은 이 시를 듣기만 해도 고개를 저으니, 마치 동풍이 말의 귀를 스치는 것과 같을 뿐이어라……' 라는 구절에서 마이동풍이 유래된 것이다.

심화 이해 및 응용

    이 시는 왕십이나 자신과 같은 고상한 문약한 서생들은 비록 세속에서 투계나 무력 등으로 이익과 작위를 얻지 못해도 좋은 시를 짓지만 세상 사람들은 알아주는 자가 적다며 울분을 터뜨린 것이다. 이는 소식의 〈화하장관육언시〉에도 '시중의 공자에게 말해 보았자, 말 귀의 동풍과 무엇이 다르랴.' 라고 한 점과 일맥상통하고, 마이동풍은 다른 사람의 의견이나 충고 등을 무시하고 전혀 상대하지 않은 이가 있을 때 흔히 쓰게 되었다.

새옹지마(塞翁之馬)

변방에 사는 노인의 말이라는 뜻으로, 세상 만사가 변화가 많아 어느 것이 화가 되고, 어느 것이 복이 될지 예측하기 어렵다는 말. 또한 인생의 길, 흉, 화, 복은 늘 바뀌어 변화가 많음을 일컫는다.

유의어

■ 전화위복(轉禍爲福) : 재앙이 오히려 복이 됨.

한자풀이

塞(변방 새, 막힐 색) 翁(늙은이 옹) 之(갈 지) 馬(말 마)
轉(구를 전) 禍(재앙 화) 爲(할 위) 福(복 복)

 유래

옛날 중국 북쪽 변방에 한 노인이 살고 있었는데, 점을 잘 보았다. 어느 날 이 노인이 기르던 말이 멀리 달아나 버렸다. 마을 사람들이 이를 위로하자 노인은 '오히려 복이 될지 누가 알겠소.' 라고 말했다. 몇 달이 지난 어느 날 그 말이 여러 마리 준마를 데리고 돌아왔다. 마을 사람들이 이를 축하하자 노인은 '도리어 화가 될는지 누가 알겠소.'라며 불안해하였다. 그런데 어느 날 말타기를 좋아하는 노인의 아들이 그 준마를 타다가 떨어져 다리가 부러졌다. 마을 사람들이 이를 걱정하며 위로하자 노인은 '이것이 또 복이 될지 누가 알겠소.'라며 태연하게 받아들이는 것이었다. 그로부터 1년이 지난 어느 날 마을 젊은이들은 싸움터로 불려나가 대부분 죽었으나, 노인의 아들은 말에서 떨어진 후 절름발이였기 때문에 전쟁에 나가지 않아 죽음을 면하게 되었다.

심화 이해 및 응용

조선조 문인 안정복의 〈무명(無名) 오현(五賢)에 대한 찬〉이란 시 중에 새옹에 관해 다음과 같이 읊고 있다. '재앙과 복은 서로 말미암고, 곤궁과 형통은 서로 따르는 것. 말을 잃고도 근심하지 않았으니, 다리가 부러진 걸 어찌 슬퍼하리오. 마음을 언제나 느긋이 가져, 외물(外物) 따라 옮겨가지 않았었다네. 아, 북방의 늙은이여! 그 지혜 실로 훌륭한 것이었네.'

용례 인생사 새옹지마라고 했던가. 좋은 일은 좋지 않은 일로 연결되기도 하고, 좋지 않은 일은 좋은 일의 씨앗이 되기도 한다.

수서양단(首鼠兩端)

구멍 속에서 목을 내민 쥐가 나갈까 말까 망설인다는 뜻으로, 거취를 결정하지 못하고 망설이거나 어느 쪽으로도 붙지 않고 양다리를 걸치는 것을 이르는 말.

유의어

- 우유부단(優柔不斷) : 마음이 여려 맺고 끊지 못하고 줏대없이 어물거리다.
- 좌고우면(左顧右眄) : 왼쪽으로 돌아보고 오른쪽으로 돌아본다. 어떤 일을 결정짓지 못하고 요리조리 눈치만 살핀다.

한자풀이

首(머리 수) 鼠(쥐 서) 兩(두 양) 端(끝 단) 優(넉넉할 우) 柔(부드러울 유) 斷(끊을 단) 顧(돌아볼 고) 眄(곁눈질할 면)

전한 시대 경제 때, 두영과 전분 두 신하가 서로 황제의 인정을 받으려고 애쓰다가 하찮은 일로 시비가 벌어져 경제가 그 흑백을 가리게 되었다. 황제는 어사대부 한안국에게 그 시비를 묻자, 판단하기 곤란하다 했다. 황제는 다시 궁내대신 정(鄭)에게 물었는데 그가 분명한 대답을 회피하자, 그래 가지고서 어찌 궁내대신을 감당하겠느냐며 일족을 멸하겠다고 진노했다. 이에 전분은 황제의 마음을 괴롭힌 것을 부끄럽게 여기고 사표를 내고 나가다가 대답을 회피한 어사대부 한안국을 불러 '그대는 구멍에서 머리만 내민 쥐처럼 엿보기만 하고, 이비곡직이 분명한 일을 얼버무리는가?' 라고 쏘아붙이며 말한 데서 유래되었다.

🌱 **심화 이해 및 응용**

위 고사는 일의 시시비비를 분명히 밝히지 않는 경우에 쓰이지만 사람들의 진퇴와 거취를 결정하지 못하고 망설이는 것을 수서양단으로 비유하기도 한다. 일과 사람뿐만 아니라 국가 간의 양다리 외교 관계를 설명할 때도 활용된다. 즉, 이제현의 민지(澠池)란 시에서 '강한 진나라는 날개 달린 범 같고, 약한 조나라는 앞으로 갔다 뒤로 갔다 하는 쥐[首鼠] 같다네.'라고 표현한 것 등이다.

용례 요즘 여의도 증시에선 '용수철 장세'와 '수서양단'이란 말이 자주 쓰인다. 그동안 증시를 짓눌렀던 악재로 떨어졌던 주가가 제자리를 찾아가는 것을 용수철 장세라고 부르며, '수서양단'이란 쥐가 쥐구멍에서 머리를 내밀고 나갈까 말까 망설이는 모습을 묘사한 것으로 투자의 상황과 태도가 모호한 것을 뜻한다.

안빈낙도(安貧樂道)

가난한 생활을 하면서도 편안한 마음으로 도를 즐겨
지킴을 말함.

유의어

■ 단사표음(簞食瓢飲) : 한 그릇의 밥과 한 바가지
의 물이란 뜻. 지극히 소박한 음식으로 영위하
는 청빈하고 가난한 생활을 일컫는 말.

한자풀이

安(편안할 안) 貧(가난할 빈) 樂(즐길 낙) 道(길, 이치 도)
簞(대광주리 단) 食(밥 사) 瓢(표주박 표) 飲(마실 음)

 유래

《논어》 중에 안빈낙도를 직·간접적으로 암시하는 문
장이 많이 나온다. 즉 '군자는 먹는 데 배부르기를 구하
지 않으며, 거처하는 데 편하기를 구하지 않는다.' '가
난해도 도를 즐기고, 부유해도 예를 좋아한다.' '가난함

과 비천함은 싫어하지만, 정당한 방법으로 벗어나지 못하면 그것을 떠나지 않는다.' '선비로서 도에 뜻을 두고서도 허름한 옷과 거친 음식을 부끄럽게 여기는 사람은 더불어 도를 논의하기에 부족하다.' '거친 음식을 먹고 맹물을 마시며 팔을 굽혀 베개를 삼더라도 즐거움이 또한 그 속에 있는 법이다. 의롭지 않은데도 돈 많고 지위가 높은 것은 내게는 뜬구름과 같다.' '군자는 도를 추구하지 먹을 것을 추구하지 않는다. 농사를 지어도 굶주림이 그 안에 있을 수 있고 학문을 해도 봉록이 그 가운데 있을 수 있다. 군자는 도를 얻지 못할까 근심하지 가난을 근심하지는 않는다.' 등등이다.

그 중에서도 공자의 수제자인 안연의 청빈한 생활은 안빈낙도의 표상이 되었다. 공자가 말하길 '훌륭하도다 안회여! 한 그릇의 밥과 한 바가지의 물로 누추한 동네에 살게 되면, 다른 사람들은 그 근심을 견뎌내지 못하는데, 안회는 그 즐거움을 바꾸지 않으니 훌륭하도다 안회여!' 라고 칭찬했다.

심화 이해 및 응용

안빈낙도의 생활을 실천한 선비들은 이루 헤아리기 어려울 정도로 많기 때문에 일일이 다 열거하기 어렵다. 그 중에서도 도연명과 그의 명작인 〈귀거래사〉에서도 안빈낙도의 생활을 갈구하는 고상한 선비의 마음을 엿볼 수 있다.

'자! 벼슬에서 물러나 내 집의 논밭으로 돌아가자! 전원이 황폐하고 있거늘, 어찌 돌아가지 않을 수 있겠는가? ……마침내 저 멀리 나의 집 대문과 지붕이 보이자 나는 기뻐서 날뛰었다. 어린 아이의 손을 잡고 방 안으로 들어가니, 술단지에는 아내가 정성들여 담근 술이 가득 차 있었다. 술단지와 술잔을 끌어당겨 혼자서 자작하여 술을 마시니 뜰의 나뭇가지들이 즐거운 낯으로 미소 지으며 웃는다. 참으로 사람은 무릎을 드리울 만한 좁은 내집에서도 충분히 안빈낙도할 수 있음을 실감한다……'

용례 어려운 때일수록 안빈낙도라는 낙관적이고 진취적인 생활 태도를 갖는 것이 필요하다.

자포자기(自暴自棄)

자기 스스로에게 난폭하고 포기한다는 뜻으로 좌절하거나 실의에 빠졌을 때 아무런 기대도 걸지 않고 말이나 행동을 아무렇게나 함을 일컫는 말.

유의어

■ 패배주의(敗北主義) : 늘 싸움이나 경쟁에서 지거나 혹은 도망갈 것처럼 소극적이고 부정적으로 생각함.

한자풀이

自(스스로 자) 暴(사나울 포) 棄(버릴 기) 敗(깨뜨릴 패) 北(달아날 배, 북녘 북) 主(주인, 주될 주) 義(옳을 의)

 유래

맹자가 말했다.

"스스로를 해치는 사람과는 더불어 이야기할 것이 못되고 스스로를 버리는 사람과도 더불어 같이 일을 할 것이 못 된다. 말로 예의를 비난하는 것을 '자포'라고 하며, 자기 자신은 도저히 인에 머물거나 의에 따를 수 없다고 하는 것을 '자기'라고 한다. 인은 사람이 사는 편안한 집과 같은 것이며, 의는 사람이 걸어야 할 올바른 길인 것이다. 편안한 집을 비워두고 살지 않으며, 올바른 길을 버려두고 그 길을 가지 않으니, 참으로 슬픈 일이구나!"

심화 이해 및 응용

자포자기하는 사람을 엄중하게 경계하는 글이다. 맹자는 일찍이 '사람은 반드시 그 자신을 모욕한 후에야 남이 그를 모욕하게 마련이다. 한 가문은 반드시 그 자체를 파괴한 후에야 남이 그 가문을 파괴한다. 나는 반드시 그 자체를 친 후에야 남이 그 나를 친다. 태갑에 '하늘이 지어낸 재앙은 그래도 피할 수 있으나, 자기가 지어낸 재앙은 모면하지 못한다'고 하였다.'고 말했다. 그런 입장에서 본다면 자포자기하는 것은 결국 멸망과 실패로 가는 지름길이라고 할 수 있다. 자포자기의 상대어로는 자중자애(自重自愛)가 있는데, 스스로 몸을 소

중하고 사랑스럽게 여기며 신중하게 행동한다는 뜻이
다. 매사 언행을 조심하여 스스로의 인격을 훌륭하게
만들어야 한다.

> **용례** 유혈폭력 사태를 겪은 팔레스타인 및 이스라엘 민
> 간들은 국제 사회가 그들을 충분히 보호해 주지 않는다는 생
> 각을 포함해 극도의 좌절감과 자포자기의 심정을 드러냈다.

제6장
정치와 사회

가정맹어호(苛政猛於虎)

가혹한 정치는 호랑이보다 더 사납다는 뜻으로, 가혹한 정치의 폐해를 비유하는 말.

유의어

■ 가렴주구(苛斂誅求) : 가혹하게 세금이나 금품을 긁어모아 백성을 못 살게 구는 일.

한자풀이

苛(가혹할 가) 政(정사 정) 猛(사나울 맹)
於(어조사 어, 탄식할 오) 虎(범 호)

 유래

공자가 태산 곁을 지나는데 한 부인이 무덤 앞에서 슬피 울고 있었다. 공자가 수레 위에서 그 소리를 듣더니 자로를 시켜 그 사연을 알아오게 하였다. 자로가 부인 곁에 가서,

"그대가 곡하는 것을 들으니 특별히 거듭되는 근심이

있는 것 같습니다."

부인이 대답했다.

"그렇습니다. 옛날에 우리 시아버지가 호랑이에게 물려 죽었고, 내 남편도 호랑이에게 죽었으며, 지금 내 아들도 호랑이에게 죽었습니다."

공자가 그 말을 듣고 반문했다.

"어째서 다른 곳으로 가지 않았습니까?"

"여기에는 가혹한 정치가 없습니다."

라고 부인이 대답했다. 이에 공자가 말했다.

"너희들은 이것을 기억해 두어라. 가혹한 정치는 호랑이보다 더 무서운 것이다."

🌿 심화 이해 및 응용

조선조의 문신인 조익(趙翼 1579~1655)은 정치가 백성에게 미치는 영향을 다음과 같이 말했다.

"옛날에 우왕이 홍수를 막은 것이나 주공이 이적(夷狄)을 겸병(兼幷)하고 맹수를 몰아낸 것은 모두 해로운 것을 제거하여 백성들을 구해 주기 위해서였습니다. 지금 방납과 탐관오리와 불평등에 따른 피해가 비록 홍수나 맹수처럼 혹독하지는 않다고 하더라도, 침탈로 인한 고초가 날이 갈수록 심해져서 끝내는 고혈을 모두 짜내고 가산을 모두 탕진한 채 뿔뿔이 흩어져서 유망(流亡)하는 결과에 이르렀고 보면, 홍수와 맹수의 피해보다 못한 것이 얼마나 된다고 하겠습니까. 그래서 고인(古人)이 백성의 곤궁함을 비유해서 범보다도 무섭다고 한 것입니다."

용례 '가정맹어호'의 의미를 새겨 보면, 위정자는 정치가 백성들에게 얼마나 고통이 될 수 있는지를 깨닫고 정책을 추진할 때 신중에 신중을 기해야 한다.

고복격양(鼓腹擊壤)

배를 두드리고 흙덩이를 친다는 뜻으로, 매우 살기 좋은 시절을 말함.

유의어

■ 태평성대(太平聖代) : 어질고 착한 임금이 잘 다스리어 태평한 세상.

한자풀이

鼓(북 고) 腹(배 복) 擊(칠 격) 壤(흙덩이 양) 太(클 태)
平(평평할 태) 聖(성스러울 성) 代(시대 대)

 유래

고대 중국의 요임금과 순임금이 다스렸던 시대는 태평성대라 부를 만큼 매우 살기 좋았던 때라고 전한다. 어느 날 요임금은 자기를 천자로 받들기를 원하는지, 또한 세상이 잘 다스려지고 있는지를 살피기 위해 평복을 입고 시찰을 하였다. 그런데 한 노인이 입 안에다 먹을 것을 잔뜩 물고는 배를 두드리고 땅을 치면서 다음과 같이 노래했다. '해가 뜨면 들에 나가 일하고, 해 지면 들어와 쉬네. 샘을 파서 물을 마시고, 밭 갈아서 먹으니, 임금의 힘이 나와 무슨 상관이랴.'

 심화 이해 및 응용

위 노인이 부른 노래를 격양가라고 한다. 이는 백성들이 먹고 살기 편해서 임금의 존재조차 모르고 지낸다는 것으로 태평성대를 묘사한다. 이는 요임금이 자신이 다스리는 세상에서 백성들이 행복하게 살고 있는지를 확인하기 위해 서민들이 살고 있는 거리로 몰래 나갔다가 어느 노인이 나무 그늘에 앉아 배불리 먹었는지 배를 두드리며 위의 격양가를 부르는 모습을 보고 비로소 자신의 베푼 정치에 만족했다는 고사에서 유래된 것이다.

용례 누구나 태평시대의 늙은이가 되어 고복격양을 하고 싶은 욕망을 가지기 마련이다.

대동소강(大同小康)

대동(大同)은 옛적 대도(大道)가 행해졌다는 세상. 극히 공평하고 화평한 성세(盛世). 소강 역시 정치·교화가 잘 행해져서 소란했던 세상이 잠시 안정되고 무사함을 비유.

한자풀이

大(큰 대) 同(한가지 동) 小(작을 소) 康(편안할 강)

 유래

《예기》〈예운편〉에서 공자가 다음과 같이 말했다.

"대도가 시행됨에 삼대의 훌륭한 분들과 내가 함께하지 못했지만 뜻은 가지고 있다. 대도가 시행되면 천하는 공정하여 어진 이를 선발하고 능력 있는 이에게 지위를 주며 신의를 닦고 화목하게 지낸다. 이런 까닭에 모략은 일어나지 않고 좀도둑과 난적이 일어나지 않는다. 그러므로 대문을 닫지 않으니, 이를 대동이라 한다.

이제 대도는 이미 사라져서 천하를 한 집안으로 여겨,

각기 제 부모를 부모로 알고 각기 제 자식을 자식으로 여기며, 대인은 세습하는 것을 예로 여기고, 성곽과 해자를 만들어 견고한 방벽을 만들고 예의로 기강을 삼는다. 이로써 군신의 지위를 바로잡고 이로써 부자의 친분을 돈독히 하며, 이로써 형제의 우애를 돈독하게 하고 이로써 부부를 화합하게 하며, 이로써 제도를 설치하고 이로써 마을을 세운다. 용맹하고 지혜로운 것을 어질다고 하며, 자신을 위하여 공을 세운다. 그러므로 이 때문에 모략이 일어나고 이 때문에 군사를 일으킨다. 우(禹)·탕(湯)·문(文)·무(武)·성왕(成王)·주공(周公)은 그 중에서도 빼어난 분이다. 이 여섯 군자는 예를 삼가지 않은 이가 없었으니, 이로써 그 의리를 드러내고 이로써 그 신용을 살피며, 허물이 있음을 드러내고 인자함을 나타내며 사양을 가르쳐서, 백성들에게 떳떳한 법도가 있음을 보여주었다. 만약 이렇게 하지 않는 자가 있으면, 권세를 가진 자는 제거하고, 사람들은 이를 재앙으로 여겼다. 이것이 소강이다."

심화 이해 및 응용

중국 개혁개방의 선구자로 알려진 등소평은 1978년에 공산당의 기본 노선을 개혁·개방으로 선언하며 건국 100주년인 2050년을 향해 3단계 발전 전략인 삼보주(三步走)의 방안을 내놓았다. 즉, 첫 번째 단계는 '온포(溫飽)', 두 번째는 '소강(小康)', 세 번째는 '대동(大同)' 사회를 구축하자는 것이다. 온포란 백성들이 굶주리지 않고 누구나 배불리 음식을 먹을 수 있는 사회인데, 현재 중국은 온포 사회를 거쳐, 법으로 사회를 안정시키고 있는 소강 사회로 진입하고 있는 상태이다. 그들의 최종 목표는 2050년까지 대동 사회를 실현하는 것이다. 대동 사회란 완벽한 평등, 안락, 평화를 구가하는 이상 사회의 개념이다.

용례 후진타오 중국 주석은 공산당 제17차 전국대표대회에서 중화민족의 위대한 부흥과 함께 '소강 사회' 건설을 강조했다.

도불습유(道不拾遺)

길에 떨어진 것을 줍지 않는다는 뜻으로, 나라가 잘 다스려져 백성의 풍속이 돈후(敦厚)함을 비유하거나 형벌이 준엄하여 백성이 법을 범하지 아니함의 뜻으로도 쓰임. 노불습유(路不拾遺)라고도 함.

한자풀이

道(길 도) 不(아니 불) 拾(주울 습) 遺(남길 유)

 유래

전국 시대, 진나라 효공은 공손앙을 기용하여 나라의 부국강병을 꾀했다. 공손앙은 법을 가지고 나라를 다스린다는 형명학(刑名學)을 배운 법치 지상주의자로, 연좌제를 도입하고 상과 벌을 엄격하게 시행하여 법의 위엄을 세우기 위해 노력했다. 이에 법이 좋다고 말하는 자도, 나쁘다고 말하는 자도 변방으로 쫓아 버렸다. 그리고 태자가 법을 범하자 태자 대신 태자의 보육을 담당했던 공자건을 벌하고 태자의 사부 공손가를 얼굴에 죄인이라는 글자를 새기는 형벌인 자자형(刺字刑)에 처했다. 이렇게 엄격한 법을 시행한 지 10년, 길에서 떨어진 것을 줍는 자가 없고[道不拾遺] 백성들의 생활이 넉넉해졌으며 전쟁에도 연전연승할 만큼 국민이 용감해졌다. 그러자 그의 엄격한 법치주의 정책은 옛 제도를 고수하려는 신하들의 반발을 샀다. 결국 효공이 죽고 혜문왕이 왕위에 오르자 공손앙은 수레로 사지를 찢어서 죽이는 가혹한 형벌인 거열형을 당했다.

심화 이해 및 응용

춘추 전국 시대, 자산이 정나라 재상으로 있었는데 군주인 간공이 자산에게 이렇게 말했다.

"술을 마셔도 즐겁지가 않다. 제사를 모시는데 제기를 갖추지 못한다든지, 또는 음악으로 조상에게 제사를 드리는데 그 음악에 필요한 종이나 북이나 피리 같은 것을 갖추지 못하는 일이 있다면, 그것은 전적으로 나의 책임인 것이다. 그러나 나라가 안정되지 못하고, 백성이 다스려지지 않으며, 농부와 군인이 서로 단결하지 못하는 것은 그대의 잘못인 것이다. 그대에게는 그대의 직분이 있고, 나에게는 나의 직분이 있으니, 각각 맡은 바 직분을 다하도록 하자."

자산이 물러 나와 정사를 다스리기를 5년 동안 하니, 나라 안에 도둑이 없어지고, 길에 물건이 떨어져 있어도 주워가는 사람이 없고, 복숭아와 대추가 거리를 넓도록 무성해도 따는 사람이 있지 않고, 송곳과 칼이 땅에 떨어져 있어도 사흘이면 돌아오게 되었다. 자산이 이와 같이 계속 3년 동안 변함없이 실행하니, 백성들은 굶주리는 사람이 없게 되었다.

용례 조선조의 문인 안정복(安鼎福 1712~1791)의 《순암집》에 기재된 〈광주부 경안면 2리 동약(廣州府慶安面二里洞約)〉에는 다음과 같은 내용이 있다. '남의 물건을 보면 털끝만큼의 욕심도 내지 않으며, 길에 떨어진 물건이 있으면 반드시 그 주인을 찾아서 돌려 준다. 옛사람이 풍속의 아름다움에 대하여 논하기를, '길에 떨어진 물건을 줍지 않는다.' 하였는데, 천 년이 지난 뒤에 이 글을 읽으면서도 항상 격앙하는 마음을 갖게 되는데, 더구나 직접 그런 일을 본 자이겠는가.'

조령모개(朝令暮改)

아침에 명령을 내리고서 저녁에 다시 바꾼다는 뜻으로, 법령의 개정이 너무 빈번하여 믿을 수가 없거나, 아침에 조세를 부과하고 저녁에 거둬들임을 이르는 말.

> **한자풀이**
> 朝(아침 조) 令(하여금 령) 暮(저물 모) 改(고칠 개)

 유래

한나라의 문제 때 조착이 상소한 〈곡식의 귀중함을 논한 상소문〉에서 조령모개가 다음과 같이 인용되었다.

'지금 다섯 명의 식구가 있는 농가에서는 부역이 과중하기 때문에 부역에 따르는 자가 두 명도 채 되지 않습니다. 경작의 수확도 백 무(畝)가 고작으로 백 무의 수확은 기껏해야 백 섬에 불과합니다. 그들은 부역에 징발되어 봄, 여름, 가을, 겨울 쉴 날이 없습니다. 또 개인적으로 손님을 맞이하고 죽은 자를 조문하고 고아를 기르고 병자를 위로하는 등 일이 많습니다. 게다가 홍

수나 가뭄의 재해를 당하게 되면 갑자기 조세와 부역을 강요당합니다. 시기를 정하여 세금과 부역을 내지 않으니, 마치 아침에 영을 내리고 저녁에 고치는 조령모개 결과가 됩니다. 그래서 논밭과 집을 내놓거나 자식을 팔아 빚을 갚는 사람이 나오게 되는 것입니다.'

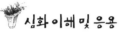 ## 심화 이해 및 응용

조선조 중종 25년(1530)에 홍문관 부제학 유보 등이 임금에게 직언을 하는 상소에서도 '옛날에 사람을 잘 관찰해서 쓴 나라들은, 반드시 그 정사의 순수함과 순수하지 못함과, 정령(政令)의 엄격함과 해이함을 먼저 살폈으니, 이는 바로 정사를 하는 도구가 여기에 벗어나지 않기 때문입니다. 다만 그 사려가 이미 익숙해지고 모책(謀策)이 이미 이루어졌어도 함부로 발령하지 않기 때문에 견고하기가 마치 금석과 같고 미덥기가 마치 사시(四時)와 같아서 상을 주면 백성이 모두 기뻐하고 벌을 주면 백성이 모두 복종하였습니다. 만일 정령에 조령모개의 변동이 있고 권징하는 데 있어 경중의 타당성을 잃는 일이 있으면, 나라에 법다운 법이 없을 것이

니 백성이 무엇을 믿겠습니까?' 라며 경계했다.

> **용례** 교육부 장관이 바뀔 때마다 기존의 교육 정책은 백지화하고 입시제도가 춤추는 조령모개 식의 정책은 사라져야 한다.

지록위마(指鹿爲馬)

사슴을 가리켜 말이라고 한다는 뜻으로, 사실이 아닌 것을 사실로 만들어 강압으로 인정하거나 윗사람을 농락하여 권세를 마음대로 함. 이록위마(以鹿爲馬)라고도 함.

유의어

■ 환서위박(喚鼠爲璞) : 쥐를 보고 다듬지 않은 옥이라고 한다.

한자풀이

指(가리킬 지) 鹿(사슴 록) 爲(할 위) 馬(말 마) 喚(부를 환) 鼠(쥐 서) 璞(옥돌 박)

 유래

진나라 시황제가 죽자 측근 환관인 조고(趙高 ?~BC 208)는 거짓 조서를 꾸며 태자 부소를 모함하여 죽이고 어린 호해를 세워 2세 황제로 삼았다. 현명한 부소보다 용렬한 호해가 다루기 쉬웠기 때문이다. 호해는 천하의 모든 쾌락을 마음껏 즐기며 살겠다고 말했을 정도로 어리석었다. 조고는 이 어리석은 호해를 교묘히 조종하여 경쟁자인 승상 이사를 비롯, 그 밖에 충성스런 옛 신하들을 죽이고 승상이 되어 조정의 실권을 장악했다. 그러나 모반을 일으킬 생각을 했지만 중신들 가운데 자기를 반대하는 사람이 있을까 염려하여 먼저 꾀를 써서 시험해 보았다. 그래서 조고는 호해에게 사슴을 바치면서 이렇게 말했다.

"폐하, 말을 바치오니 거두어 주시오소서."

"승상은 농담도 잘 하시오. 사슴을 가지고 말이라고 하다니."

라고 말하며 좌우의 신하들에게 물었으나 어떤 신하는 잠자코 있었고, 어떤 신하는 말이라고 하면서 조고에게 아첨을 하였다. 그러나 사슴이라고 직언한 신하도 있었는데, 조고는 이들을 기억해 두었다가 은밀히 무고죄를 씌워 제거했다. 그 뒤부터 신하들은 모두 조고를 두려워하고, 그의 말에 반대하는 사람이 없었다고 한다.

선조 31년에 명나라의 병부주사 정응태가 조선에서 왜군을 끌어들여 중국을 치려 한다고 무고했다. 이는 마치 지록위마와 같은 처사였다. 이에 월사 이정귀가 〈조선국변무주문(朝鮮國辨誣奏文)〉이란 글을 지어 진주 부사로 명나라에 가서 통쾌하게 해명하고 정응태를 파직시켰다. 이러한 이정귀의 탁월한 문장과 언행에 감복한 장유는 다음과 같은 시를 지어 그를 찬송했다.

'상공의 문장은 보배와 빛을 다투도다. 마치 고상한 양춘(陽春)의 묘한 곡조 같아 어찌 따라 부를까. 정응태가 지록위마한 것을 능수능란하게 응대한 실력은 나로서는 도저히 따라잡을 수 없도다.'

용례 국정 난맥상의 근원에는 지록위마의 '코드 정치'가 있다. 과잉 이념과 분배, 양극화 해소라는 '사슴'을 국가 성장 동력의 '말'이라고 우기는 그 가벼운 '세 치 혀' 속의 오만과 오기, 독선이 그것이다.

토사구팽(兎死狗烹)

토끼 사냥을 마치면 사냥개를 삶는다는 뜻으로, 요긴한 때는 소중히 여기다가도 쓸모가 없게 되면 천대하고 쉽게 버림을 비유하여 이르는 말.

한자풀이

兎(토끼 토) 死(죽을 사) 狗(개 구) 烹(삶을 팽)

 유래

사람들이 한신에게 말했다.

"종리매의 목을 베어 가지고 가면 임금이 반드시 기뻐하실 것이고, 모든 후환이 없어질 것입니다."

한신이 종리매를 보고 그러한 이야기를 했다. 그러자 종리매가 대답했다.

"유방의 한나라가 초나라를 공격하지 못하는 것은 나와 자네가 함께 있기 때문일세. 만약 자네가 나를 사로잡아 유방의 한나라에 환심을 사려 한다면, 나는 지금 죽을 수밖에 없지만 자네도 또한 무사하지 못하게 될걸세."

그러면서 한신을 꾸짖으며 말했다.

"자네 같은 사람은 남의 위에 설 그릇이 못 되네."

말을 마치자 종리매는 스스로 목숨을 끊었다. 한신은 종리매의 목을 가지고 진나라로 가서 유방을 만났다. 하지만 유방은 무사로 하여금 한신을 결박케 하고 수레에 실었다. 한신은 비분강개하면서 말했다.

"과연 사람들의 말이 맞는구나. '교활한 토끼를 사냥하고 나면 쓸모없어진 훌륭한 사냥개는 삶아지고, 높이 나는 새를 다 잡으면 좋은 활은 치워지며, 적국을 쳐부수고 나면 지혜로운 신하는 버림받는다.' 고 하더니만, 천하가 이미 평정되었으니, 나 역시 사냥개처럼 삶아지는구나."

그 말을 들은 유방이 말했다.

"사람들은 그대가 모반을 꾀하고 있다는 글을 올렸다네."

그러나 얼마 후, 한신도 형틀을 씌워 압송당하여 주거지를 낙양으로 제한시키고는 작위도 회음후로 강등당했고, 결국은 반역자로 처형되고 말았다.

심화 이해 및 응용

원래 토사구팽이란 말은 기원전 6세기 중엽부터 5세기 중엽까지 공자와 같은 시대를 함께 살다가 죽은 범려가 만든 말로 알려지는데, 이 말을 유명하게 만든 것은 초한 전쟁 때 활약한 한신이었다. 범려는 인간만사가 토사구팽이라는 행태를 일찍이 체득하여 공을 세우고 은둔하여 그 화를 피했지만, 설마 하다가 토사구팽을 당한 사람은 한신이었다.

우리 역사에도 조선을 세우는 데 지대한 공로가 있었던 공신 삼봉 정도전 등이 권력의 암투 속에서 제거되고 말았던 일이 있었다. 역사 속에서 권력의 다툼으로 인해 뛰어난 능력을 지닌 인물들이 안타깝게 명을 다하지 못하는 운명을 지닌 것을 볼 때, 현대를 살아가는 우리들도 자신의 처세가 세상에 어떻게 전개되는가를 다시 한 번 생각해 보는 계기로 삼아야 할 것이다.

> **용례** IT 상품을 하나 더 팔기 위해 지금까지 경제 발전의 견인차 역할을 했던 경공업을 이제는 헌신짝처럼 여기니 이야말로 토사구팽의 전형이라 할 수 있다.

제7장
외교와 전략

계구우후(鷄口牛後)

닭의 부리가 될지언정 쇠꼬리는 되지 말라는 뜻. 곧 큰 집단의 말석보다는 작은 집단의 우두머리가 낫다는 말.

한자풀이

鷄(닭 계) 口(입 구) 牛(소 우) 後(뒤 후)

유래

전국 시대 중엽, 동주의 도읍 낙양에 소진(蘇秦 ?~BC 317)이라는 종횡가(縱橫家)가 있었다. 그는 합종책(合縱策)으로 입신할 뜻을 품고, 당시 최강국인 진나라의 동진 정책에 전전긍긍하고 있는 한·위·조·연·제·초 나라의 6국을 순방하던 중 한나라 선혜왕을 알현하고 이렇게 말했다.

"전하, 한나라는 지세가 견고한데다 군사도 강병으로 알려져 있사옵니다. 그런데도 싸우지 아니하고 진나라를 섬긴다면 천하의 웃음거리가 될 것이옵니다. 게다가 진나라는 한치의 땅도 남겨놓지 않고 계속 국토의 할양을 요구할 것이옵니다. 하오니 전하, 차제에 6국이 남북, 즉 세로로 손을 잡는 합종책으로 진나라의 동진책(東進策)을 막고 국토를 보전하시오소서. '차라리 닭의 부리가 될지언정, 쇠꼬리는 되지 말라.'는 뜻을 지닌 '영위계구(寧爲鷄口), 물위우후(勿爲牛後)'라는 옛말도 있지 않사옵니까?"

소진의 말을 들은 선혜왕은 그의 합종책에 전적으로 찬동했다. 이런 식으로 6국의 군왕들을 설득하는데 성공한 소진은 마침내 여섯 나라의 재상을 겸임하는 대정치가가 되었다.

심화 이해 및 응용

이익은 《성호사설》에서 계구우후를 다음과 같이 설명하고 있다.

"계구란 닭의 입으로 들어가는 것이니 비록 작더라도 내 소유가 되는 것이요, 우후는 소의 뒷구멍으로 나오는 것이니 비록 크다 하더라도 천하게 여기고 싫어하는 것이다. 또 유향의 《신서》를 살펴보면, '초혜왕이 개미를 먹고 배탈이 났는데 영윤이 하례했다. 이날 저녁에 혜왕의 용변으로 개미가 나오자 병이 나았다.' 하였으니, 이것은 바로 용변을 뒤로 삼은 것이니 마땅한 고증이다."

용례 요즘 정계의 흐름을 보면 계구우후다. 집단의 말석보다 소규모 단체지만 우두머리를 하겠다며 신당·통합당·중도당이라 하며 우후죽순처럼 생겨나고 있다.

순망치한(脣亡齒寒)

입술이 없으면 이가 시리다는 말로 서로 떨어질 수 없는 밀접한 관계라는 뜻. 순치지국(脣齒之國) 혹은 순치보거(脣齒輔車)라고도 한다.

한자풀이

脣(입술 순) 亡(잃을 망) 齒(이 치) 寒(찰 한)

 유래

중국 춘추 시대 말기, 진나라 헌공은 괵나라를 공격할 야심을 품고 통과국인 우나라 우공에게 뇌물을 주고 그곳을 지나도록 허락해 줄 것을 요청했다. 우나라의 현인 궁지기는 헌공의 속셈을 알고 우왕에게 간언했다.

"괵나라와 우나라는 한몸이나 다름없는 사이라서, 괵나라가 망하면 우나라도 망할 것이옵니다. 옛 속담에도 수레의 짐받이 판자와 수레는 서로 의지하고(輔車相依), 입술이 없어지면 이가 시리다(脣亡齒寒)고 했습니다. 이는 바로 괵나라와 우나라의 관계를 말한 것입니다. 결코 길을 빌려 주어서는 안 될 것입니다."

그러나 뇌물에 눈이 어두워진 우왕은,

"진나라와 우리는 동종(同宗)의 나라인데 어찌 우리를 해질 리가 있겠소?"

라며 듣지 않았다. 궁지기는 후환이 두려워 '우리나라는 올해를 넘기지 못할 것이다.'라는 말을 남기고 가족과 함께 우나라를 떠났다. 진나라는 궁지기의 예견대로 12월에 괵나라를 정벌하고 돌아오는 길에 우나라도 정복하고 우왕을 사로잡았다.

심화 이해 및 응용

순망치한은 상호 간에 이해 관계가 밀접한 국가 사이를 설명할 때 흔히 사용된다. 특히 역사적으로 가까웠던 중국과 한국의 관계를 설명할 때 이보다 적합한 말은 찾아보기 힘들 것이다. 예컨대 조선 선조 24년(1591) 3월에 조선통신사 편에 보내온 도요토미의 서신 가운데에는 일본이 장차 명나라를 정벌할 것이니, 조선의 길을 빌려달라고 요청하는 글이 있었다. 이를 한마디로 '정명가도(征明假道)'라는 말로 대변할 수 있는데, 이는 일본이 표면적으로 조선과 동맹을 맺거나 혹은 협조를 받아서 명나라를 정벌하겠다는 것이었으나, 진짜 숨은 의도는 마치 진나라가 괵나라를 정벌하고 돌아오는 길에 우나라도 정복했던 가도멸괵의 고사와 마찬가지로 명이나 조선 모두를 정복하겠다는 일본의 흑심을 공개적으로 표명한 것이었다. 이를 간파한 조선은 도요토미의 제의를 단호히 거절하였는데, 이것을 빌미로 임진왜란이 일어났다. 이에 조선은 명에게 양국 간의 관계가 순망치한과 같음을 간절하게 호소하고, 결국에 명나라의 원병을 이끌어내어 일본의 침략을 가까스로 격퇴할 수가 있었다.

용례 순망치한은 국가 간의 관계뿐만 아니라 대인 관계에서도 흔히 적용되고 있다. 2007년도에 삼성경제연구소에서 국내 최고경영자를 대상으로 '오늘의 내가 있기까지 가장 힘이 되어 준 습관'을 사자성어로 물은 결과 응답자의 19.7%가 순망치한을 택했다고 한다. 이는 순망치한이 대인 관계에서도 대단히 중요한 처세술임을 실감할 수 있다.

어부지리(漁父之利)

어부의 이익이란 뜻으로 둘이 다투고 있는 사이에 엉뚱한 사람이 이익을 가로챔을 비유하는 말.

유의어

- 견토지쟁(犬兎之爭) : 달아나는 토끼와 그것을 쫓는 개가 달리다 지쳐 둘 다 죽은 것을 농부가 얻었다는 고사. 무익한 싸움이나 제삼자가 이익을 얻음을 비유함.
- 방휼지쟁(蚌鷸之爭) : 방합(조개)과 도요새가 싸운다는 뜻으로, 서로 안 먹히겠느니 먹겠다느니 하며 다투다가 오래 가지 못하고 결국 제삼자에게만 이득을 주는 다툼.

한자풀이

漁(고기잡이 어) 父(아비 부) 之(갈 지) 利(이익 리)
犬(개 견) 爭(다툴 쟁) 蚌(방합 방) 鷸(도요새 휼)

유래

조나라가 장차 연나라를 침략하려 하고 있었는데, 소대가 연나라를 위하여 조나라 혜왕을 뵙고 말했다.

"이번에 제가 이리로 오는 도중에 이수(易水)를 지나다 보니, 큰 조개가 막 나와서 햇볕을 쬐고 있었는데, 황새가 말하였습니다. '오늘도 비가 오지 않고 내일도 비가 오지 않는다면 곧 죽은 조개가 있게 될 것이다.' 조개도 역시 황새에게 말하였습니다. '오늘도 놓지 않고 내일도 놓지 않는다면 곧 죽은 황새가 있게 될 것이다.' 그때 마침 어부가 발견하고서 이들을 모두 사로잡았습니다. 지금 조나라가 장차 연나라를 침략하려 하고 있으나, 연나라와 조나라가 오랜 동안 서로 버티어서 대중을 피폐케 한다면, 강대한 진나라가 어부가 될까 걱정됩니다. 부디 임금께서 이를 깊이 헤아려 주시기 바랍니다."

혜왕이 말했다.

"옳도다."

그리고는 곧 침략 계획을 중지하였다.

심화 이해 및 응용

서거정은 〈삼국사를 읽다〉는 시에서 삼한(三韓)의 통탄스런 역사를 다음과 같이 표현했다. '삼한이 날마다 서로 침공을 일삼다 보니, 백만의 창생들이 이미 어육을 당했다네. 신라와 백제는 어찌하여 서로 순망치한의 관계임을 몰랐더냐? 수나라와 당나라는 스스로 어부지리의 마음을 가지고 있었다네. 강산은 묵묵하여 말할 줄을 모르지만 역사는 역력하여 찾아볼 수 있다네. 절반은 영웅이요 절반은 또한 흉역들이라, 공연히 후인의 눈물이 옷깃을 젖게 하누나.'

용례 한국전쟁은 제2차 세계대전의 패전국으로 황폐화된 일본에게 재건할 수 있는 어부지리의 기회를 주었다.

오월동주(吳越同舟)

원수지간인 오나라 사람과 월나라 사람이 같은 배를 탔다는 뜻으로, 원수나 사이가 좋지 않는 사람이라도 위험에 처하면 서로 돕게 된다는 말.

유의어

- 동병상련(同病相憐) : 같은 병을 앓는 사람끼리 서로 불쌍히 여긴다는 뜻으로 '곤란한 처지에 있는 사람들끼리 서로 딱하게 여기고 동정함' 을 이르는 말.
- 동리상사(同利相死) : 이해를 같이하는 사람은 그 일을 위하여 사력을 다함.

한자풀이

吳(나라이름 오) 越(넘을, 나라이름 월) 同(한가지 동)
舟(배 주) 病(병 병) 相(서로 상) 憐(불쌍히 여길 련)
利(이로울 리) 死(죽을 사)

유래

《손자병법》〈구지편〉에 나오는 말이다.

"병사를 잘 부리기 위해서는 비유컨대 솔연 같아야 한다. 솔연은 회계의 상산에 사는 거대한 뱀이다. 그 머리를 치면 꼬리로 반격하고, 그 꼬리를 치면 머리로 덤벼들며, 몸 한가운데를 치면 머리와 꼬리가 함께 덮친다고 한다. '감히 묻겠습니다. 군사를 솔연과 같이 부려야 합니까?' 대답했다. '그렇다.' 대저 오나라 사람과 월나라 사람은 서로 미워하지만 같은 배를 타고 가다가 거센 바람을 만나게 되면 서로 구원하는 것이 마치 왼손과 오른손이 서로 돕는 것처럼 한다."

심화 이해 및 응용

오월동주는 대인 관계뿐만 아니라 국가 · 정치 · 경제계 등에서도 광범위하게 활용한다. 예컨대 현재 중국과 미국은 이념과 체제는 다르지만 경제 방면에서 서로 밀월 관계를 유지하고 있다. 또 국내외 정당 간에 서로 이합집산하며 정권을 쟁취하는 과정에서도 오월동주하는 사례를 흔히 볼 수 있다. 그리고 상호 경쟁 관계에 있던 기업들도 보다 큰 이익을 남기기 위해 오월동주하는 경우가 나날이 늘어나고 있다.

용례 정권 재창출이란 목적이 오월동주라는 기묘한 공생 관계를 탄생시켰다.

이이제이(以夷制夷)

오랑캐를 이용하여 다른 오랑캐를 제어함. 이이공이
(以夷攻夷)라도 함.

한자풀이

以(써 이) 夷(오랑캐 이) 制(절제할 제)

 유래

남조 송나라의 범화가 편찬한 《후한서》〈등훈전〉에서
'논의하는 자들이 모두 강족(羌族)과 호족(胡族)이 서로
공격하게 하는 것이 자신들에게 이익이 된다고 생각하
고, 적극적으로 오랑캐를 이용하여 다른 오랑캐를 제어
하자고 주장했다.' 는 데서 유래되었다.

 심화 이해 및 응용

이이제이는 중국의 전통적인 외교술책의 하나라고
할 수 있다. 과거 우리나라 삼국의 경우를 살펴보더라
도 중국의 이이제이 술책으로 무너지고 말았다. 즉 중

국은 신라와 백제의 싸움을 부추기고, 백제가 멸망하자 다시 신라와 고구려를 이간질하여 서로 싸우게 만들어서 고구려를 멸망시키고 또 신라까지 병합하려고 시도했는데, 이것이 바로 이이제이의 대표적인 예라고 할 수 있다. 또 중국의 청나라나 조선조 말의 외교 정책도 이이제이라고 할 수 있는데, 모두 외세를 잘못 끌어들여 실패하고 말았다. 일본이나 서구에서는 중국의 이이제이에 맞서 '화이제화(華以制華)' 정책을 쓰고 있다. 화이제화 정책이란 중국인들끼리 서로를 견제하는 방책으로 지금 중국과 대만이 분열되어 통일하지 못하고 지속적으로 대립하고 있는 국면이 그 예라고 할 수 있다. 우리나라가 남북한으로 분열된 것도 우리 스스로의 책임도 있지만 바로 주변국들이 펼친 이이제이와 화이제화의 정책과 무관하지 않다.

> **용례** 한 세기 전 쇄국, 양이 정책을 펼쳐 무력으로 제국주의 열강에 맞섰던 대원군과 남의 힘에 기대는 이이제이의 술책만으로 왕조의 생명을 이으려 했던 고종은 쓰라린 실패의 역사를 쓰고 말았다.

합종연횡(合從連衡)

전국 시대에 행해졌던 외교 방식으로 합종책(合從策)
과 연횡책(連衡策)을 말함.

한자풀이

合(합할 합) 從(좇을 종) 連(잇닿을 연)
衡(저울대 형, 가로 횡)

 유래

소진의 합종설과 장의의 연횡설, 곧 전국 시대의 군
사동맹의 형태. 합종은 한·위·조·연·초·제나라
등 여섯 나라가 군사 동맹을 맺어서 진나라에 맞서는
것이고, 연횡은 위의 여섯 나라가 진나라에 복종하는
것을 이름.

심화 이해 및 응용

전국 시대 때에 천하를 돌아다니면서 능란한 말솜씨
로 군주를 설득한 유세객이 있었는데, 그 중에서도 소

진과 장의는 대표적인 존재였다. 이 두 사람은 모두 신비의 인물인 귀곡자를 스승으로 섬긴 동문이었다고 한다. 소진은 당시 강대국이 된 진나라의 위협으로 나머지 조·위·한·초·제·연 여섯 나라가 전전긍긍하자, 이 여섯 나라가 남북으로 힘을 합쳐서 진나라에 대항해야 한다는 '합종책'을 주장하였다. 그는 각국을 돌아다니면서 여섯 나라가 남북으로 뭉치지 않으면 진나라에 의해 각개 격파를 당할 거라고 설득하여 마침내 6국의 재상이 되어 합종책을 펼치게 되었다.

반대로 장의는 진나라를 찾아가서 '연횡책'을 주장하였다. 즉 여섯 나라가 아무리 동맹을 맺었더라도 진나라가 그 중 하나와 동서로 동맹을 체결해서 6국의 연합을 깨뜨리는 방식이었다. 이렇게 하나하나 개별적으로 깨뜨려 나가면 여섯 나라는 마침내 고립될 것이며, 그들이 고립되었을 때 정벌을 나서면 천하 통일의 위업을 달성할 수 있다는 것이었다.

진나라는 장의의 연횡책을 받아들여서 마침내 소진이 만들어 놓은 6국의 합종을 붕괴시키고 천하를 통일하였다. 다시 말해 합종책은 약자들이 연합해서 강자에게 대항하는 것을 말하고, 연횡책은 강자가 약자와 결탁해서 그들을 무력화시키는 것을 뜻하게 되었다. 전국시대의 역사는 이 합종과 연횡이 반복된 역사라고 해도 좋을 정도로 오랫동안 논란이 되어왔다. 그래서 제자백가 중 외교 무대에서 세 치 혀로 활약하는 사람들을 가리켜 '종횡가'라고 한 것도 이 합종연횡에서 유래된 것이다.

용례 아시아 주변 강대국들의 '합종연횡'이 활발하다. '짝짓기'의 키워드는 '안보'와 '에너지', 그리고 '경제 협력'이다.

호가호위(狐假虎威)

여우가 호랑이의 위세를 빌려 호기를 부린다는 뜻으로, 남의 세력을 빌어 위세를 부림. 차호위호(借虎爲狐) 혹은 가호위호(假虎威狐)라고도 함.

한자풀이

狐(여우 호) 假(거짓 가) 虎(범 호) 威(위엄 위)

 유래

전국 시대, 중국의 남쪽 초나라에 소해휼이라는 재상이 있었다. 북방의 나라들은 이 소해휼을 몹시 두려워했는데, 그가 초나라의 실권을 장악하고 있었기 때문이다. 그런데 초나라 선왕은 북방의 나라들이 왜 소해휼을 두려워하는지 이상하게 여겼다. 어느 날 강을이라는 신하에게 물어보자 강을이 대답했다.

"전하, 이런 얘기가 있습니다. 호랑이가 여우 한 마리를 잡았습니다. 그러자 잡아먹히게 된 여우가 말했습니다. '잠깐 기다리게나. 이번에 나는 천제로부터 백수의 왕에 임명되었네. 만일 나를 잡아먹으면 천제의 명령을 어긴 것이 되어 천벌을 받을 것이야. 내 말이 거짓말이라 생각하거든 나를 따라와 봐. 나를 보면 어떤 놈이라도 두려워서 달아날 테니.' 여우의 말을 들은 호랑이는 그 뒤를 따라가 보니 과연 만나는 짐승마다 모두 달아나는 것이었습니다. 사실 짐승들은 여우 뒤에 있는 호랑이를 보고 달아난 것이지만, 호랑이는 그것을 깨닫지 못했습니다. 북방의 제국이 소해휼을 두려워하는 것은 이와 같습니다. 실은 소해휼의 배후에 있는 초나라의 군세를 두려워하고 있는 것입니다."

심화 이해 및 응용

이익은 〈왜환(倭患)〉이란 글을 통해서 우리나라가 원나라를 등에 업고 호가호위하면서 일본 침공을 도와주었기 때문에 왜환을 자초했다고 주장했다.

'원나라 세조가 일본을 정벌하려고 했을 때 군함을 만들고 군량을 쌓은 것은 모두 우리나라에서 공급했던 것이다. 경내를 모두 쓸다시피 하여 싸움에 조력하였으나 끝내 이기지 못하고, 강한 일본과 사이만 좋지 않게 되었다. …… 충정왕 2년(1350) 때부터 왜환이 처음으로 생기게 되었는데, 바다의 3면으로 침입을 받게 되자 그들을 능히 대항하여 진압하지 못했다. 저들은 각 고을에 날뛰면서 집을 불태우고 백성을 위협할 뿐 아니라 지방에서 배로 실어오는 우리 군량과 마초를 차단시키고, 또는 저들이 빼앗아 가지 않으면 배를 엎어 버렸다. …… 군사를 해산시킨 후에 그 방어와 수비를 걷어치우고 후한 폐백으로 통신사를 보내서 서로 저자를 열고 화친을 약속하여 전일의 일은 본의가 아니었다는 것을 알도록 했다면 그들도 역시 그 재물을 이롭게 여겨서 전일의 원수를 잊고 좋게 지나게 되었을 것이다. 그러나 애석하게도 이런 계책은 내지 않고 마치 종달새가 까불고, 여우가 호랑이의 위세를 빌어 큰소리로 헛 위협만 하면서, 저들의 사신이 왔는데도 답례를 제대로 하지 않았다. 한심한 노릇이다.'

용례 피고인은 법조인, 경찰, 고위층 인사들과 가깝게 지내면서 호가호위하는 방식으로 약하고 어려운 입장에 있는 사람들에게 사기를 쳤다.

제8장
승부와 전쟁

건곤일척(乾坤一擲)

하늘과 땅을 한 번에 내던진다는 뜻으로 천하를 건 사생결단의 승부를 일컫는 말.

유의어

- 용호상박(龍虎相搏) : 용과 호랑이가 서로 싸운다
  는 뜻으로, 두 강자가 서로 승패를 다툼을 이르
  는 말.

한자풀이

乾(하늘 건) 坤(땅 곤) 一(한 일) 擲(던질 척) 龍(용 룡)
虎(범 호) 相(서로 상) 搏(두드릴 박)

 유래

유방과 항우는 진나라를 무너뜨리고 서로 천하를 차
지하려고 피비린내나는 결투를 계속했지만 좀처럼 승
부가 나지 않았다. 그리하여 오늘날에 하남성 개봉에 위
치한 홍구의 서쪽은 유방이, 동쪽은 항우가 차지하기로

강화를 맺음으로써 전쟁으로 시달렸던 백성들의 시름을 한동안 덜어 주게 되었다. 그런데 유방의 책사인 장량과 진평은 유방에게 강화를 깨고 항우를 공격하도록 권유하여 결국에는 해하에서 항우를 물리치고 한나라를 세우게 된다. 당나라의 대문장가인 한유가 홍구를 지나면서 그 일을 회고하면서 다음과 같은 시를 지었다.

'용은 지치고 호랑이는 피곤하여 천하를 분할하니, 만천하 백성들의 목숨이 부지되었지만, 그 누가 군왕의 말머리를 돌리도록 권하여, 진정 천하를 건 건곤일척의 승부를 짓게 했던가?'

심화 이해 및 응용

초한 전쟁이나 삼국지의 적벽대전 등은 중국 내에서 대전이라고 불린다. 그러나 어떤 전쟁보다 스케일이 크고 치열했던 대전은 수·당나라와 고구려의 전쟁이라 할 수 있다. 그 이전에 중국 내에서 가장 큰 전쟁에 동원되었던 인원의 스케일은 과장을 덧붙여서 아무리 많아도 백만 대군 정도를 넘지 못했는데, 고구려와의 전쟁에서 수나라가 동원된 인원은 무려 삼백만에 달했으니 그야말로 천하를 건 건곤일척의 대 승부라고 할 수 있었다. 이는 당시 중국의 인구가 기천만 명을 넘지 못하는 상황을 고려하면 한 집 건너 중국 천하의 장정을 모두 동원한 꼴로 이로 인해 심각한 사회 불안과 경세 파탄을 야기시켜서 결국에 수나라는 망국의 길에 접어들게 되었다. 오죽하면 수나라의 뒤를 이어 건국한 당나라에서도 고구려에 붙잡힌 기십만 명에 달하는 수나라 포로 송환을 바라는 백성들의 염원을 위하여 다시 고구려와 무모한 전쟁을 일으켰지만 번번이 패전하고 말았다. 결국 당나라는 자신들의 힘으로 고구려를 멸망시킬 수 없을 것을 알고, 거란 등 북방 오랑캐와 신라 등과 동맹을 맺어 이이제이 수법으로 간신히 고구려를 무너뜨릴 수 있었다.

문제는 이처럼 큰 전쟁에서 번번이 승리한 자랑스러운 고구려의 무용담을 우리나라에서 제대로 표현하는 글과 문인들이 적어서 아쉽다는 점이다. 물론 최근 들어 TV 사극 등에서 고구려와 수·당나라의 전쟁을 테마로 여러 드라마를 제작했지만 그 정도의 수준으론 미흡한 점이 많다. 필자의 졸견으로 고구려와 수·당나라

간의 전쟁은 세계 제1, 2차 대전에 못지않았던 대전이었고, 이를 진두지휘한 연개소문을 비롯한 고구려의 장수들은 알렉산더 대왕과 칭기즈 칸 못지않은 천하의 대영웅들이다. 멀지 않은 장래에 걸출한 후학이 출현하여 고구려와 중국 간에 건곤일척의 대 승부를 제대로 묘사해 주길 고대한다.

용례 한국시리즈 제4차 대전은 건곤일척의 승부라 명명해도 과언은 아닐 것입니다.

권토중래(捲土重來)

흙먼지를 날리며 다시 온다는 뜻으로, 한 번 실패에 굴하지 않고 몇 번이고 다시 일어나거나 패한 자가 세력을 되찾아 다시 쳐들어오는 것을 비유함.

> **한자풀이**
> 捲(말 권) 土(흙 토) 重(무거울 중) 來(올 래)

 유래

춘추 전국 시대 진나라의 헌공은 애첩인 여희에게 빠져 왕위를 여희 소생인 해제에게 물려 주려고 맏아들인 태자 신생까지 죽이자 겁이 난 동생 중이는 진나라를 떠나 각 나라를 전전하면서 장장 19년 동안 긴 망명 생활을 하였다. 중이가 망명 생활을 하던 어느 날에 길을 가다가 먹을 것이 떨어져 농부에게 구걸했는데, 그 농부는 먹을 것 대신에 흙을 퍼서 중이 일행에게 주었다. 이에 화가 난 중이가 채찍을 들고 농부를 때리려고 하니 주변의 신하들이 말리면서 농부가 흙을 바치는 것은 국토, 즉 '나라를 바친다는 좋은 징조'라고 극구 말리면서 '권토중래'의 투지를 일깨워 주었다. 뒷날 중이는 진나라로 돌아와서 국왕으로 추대되었는데, 바로 문공이다.

심화 이해 및 응용

당나라 두목(杜牧 803~852)은 오강정(烏江亭)에서 쓴 시에 '승패는 병가에서도 기약할 수 없는 것, 부끄러움을 안고 참는 것이 남아 대장부로다. 강동의 자제 중에 재주 있는 준걸이 많은데, 권토중래할 것을 알지 못하였도다.'라 하여, 항우가 오강에서 비통하게 죽은 것을 회상했다. 그는 항우의 단순하고 과격한 성격과 우미인과의 이별에서 볼 수 있는 인간성 등을 회고하고, 또 그가 충분히 권토중래할 수 있는 나이인 31세에 요절한 것을 애통하게 여겼다.

> 용례 탈레반 지도자 오마르를 비롯한 잔당은 미국의 추적을 피해 파키스탄 접경 파슈툰 부족 거주 산악 지역에 은신하면서 권토중래를 노려왔다.

배수지진(背水之陣)

물을 등지고 진을 친다는 뜻으로, 물러설 곳이 없으니 목숨을 걸고 싸울 수밖에 없는 상황 또는 물을 등지고 적과 싸울 진을 치는 진법.

유의어

- 파부침선(破釜沈船) : 밥 짓는 가마솥을 부수고 돌아갈 배도 가라앉히다. 결사의 각오로 싸움터에 나서거나 최후의 결단을 내림을 비유하는 말.

한자풀이

背(등 배) 水(물 수) 之(갈 지) 陣(진칠 진) 破(깨뜨릴 파) 釜(가마솥 부) 沈(잠길 침) 船(배 선)

 유래

한나라 고조가 제위에 오르기 2년 전, 한군을 이끌고 있던 한신은 위나라를 격파한 여세를 몰아 조나라로 진격했다. 일만의 군대는 강을 등지고 진을 쳤고 주력부대는 성문 가까이 공격해 들어갔다. 한신은 적이 성에서 나오자 패배를 가장하여 배수진까지 퇴각을 하게 했고, 한편으로는 조나라 군대가 성을 비우고 추격해 올 때 매복병을 시켜 성 안으로 잠입, 조나라 기를 뽑고 한나라 깃발을 세우게 했다. 물을 등지고 진을 친(背水之陣) 한신의 군대는 죽기 아니면 살기로 결사 항전을 하니 조나라 군대는 퇴각할 수밖에 없었다. 그리고 이미 한나라 기가 꽂힌 성을 보고 당황한 조나라 군대에게 한신의 부대가 맹공격을 퍼부어 간단히 승리를 거두었다. 한신은 군대를 사지에 몰아넣음으로써 결사 항전하게 하여 승리를 거둔 것이다. 싸움이 끝나고 축하연이 벌어졌을 때 부장들은 한신에게 물었다.

"병법에는 산을 등지고 물을 앞에 두고서 싸우라고 했습니다. 그런데 이번에는 물을 등지고 싸워 마침내 승리를 거두었습니다. 이것은 대체 어떻게 된 일입니까?"

"이것도 병법의 한 수로 병서에 자신을 사지에 몰아넣음으로써 살 길을 찾을 수가 있다고 적혀 있지 않소. 그것을 잠시 응용한 것이 이번의 배수진이오. 원래 우리 군은 원정을 계속하여 보강한 군사들이 대부분이니 이들을 생지에 두었다면 그냥 흩어져 달아나 버렸을 것이오. 그래서 사지에다 몰아넣은 것뿐이오."

이를 들은 모든 장수들이 탄복했다고 한다. 이때부터 '배수진을 쳤다.'는 말은 더 이상 물러설 수 없는 막다른 곳에서 죽기를 각오하고 맞서는 것을 뜻하게 되었다.

심화 이해 및 응용

진나라가 망국의 증세를 보이자 각지에서 반기를 들고 일어나는가 하면 제후들도 꿈틀거리기 시작했다. 초나라 때부터 장군의 전통을 이어온 항우와 그의 삼촌 항량도 반기를 들었다. 호응하는 사람들로 세력을 크게 불린 항량과 항우는 곳곳에서 진나라 군대를 무찔렀다. 그러나 봉기군은 정도에서 진나라 장군 장한에게 크게 패해 봉기군 총수 항량도 목숨을 잃었다.

장한은 승세를 몰아 조나라의 수도였던 한단을 격파하고 조왕이 있는 거록을 포위했다. 조왕의 구원 요청을 받은 초왕은 송의를 상장, 항우를 차장으로 앉혀 조나라를 구원하게 했다. 송의는 군대를 안양까지 진격시키고는 40여 일이나 움직이지 않았다. 물론 작전상 그렇게 했지만 몇 번이나 진군을 재촉해도 송의가 듣지 않아 항우는 송의의 목을 베었다. 상장이 된 항우는 전군을 이끌고 황하를 건넜다.

전군이 강을 건너자 항우는 '타고 온 배를 전부 가라앉히고 가마솥과 시루를 부수고 진영을 불태운 뒤 사흘분 군량미만 지급함'으로써 마치 배수지진을 친 것처럼 결사적으로 싸울 것을 지시했다. 과연 전 장병은 결사의 각오로 싸웠다. 이 싸움에서 항우군은 일당백의 용맹을 떨쳐 조왕을 구원하러 온 다른 제후의 군사들은 그저 입을 딱 벌리고 구경만 할 수밖에 없었다.

싸움이 끝나자 제후의 장군들이 항우의 진영에 모였는데 모두 머리를 숙이고 무릎걸음으로 들어왔다고 한다. 이 싸움으로 반진(反秦) 연합군 가운데서 항우는 절대적인 지위를 차지하게 되었다.

용례 병법에 따르면 '배수지진'은 최후의 수단으로 선택하는 것으로, 함부로 구사할 수 있는 전술이 아니다.

사면초가(四面楚歌)

사방에서 들리는 초나라의 노래라는 뜻으로, 적에게 둘러싸인 상태나 누구의 도움도 받을 수 없는 고립 상태에 빠짐을 이르는 말.

유의어

- 고립무원(孤立無援) : 고립되어서 도움을 받지도 못함.
- 진퇴양난(進退兩難) : 나아갈 수도 물러설 수도 없는 궁지에 빠짐.

한자풀이

四(넉 사) 面(낯 면) 楚(초나라 초) 歌(노래 가)
孤(외로울 고) 立(설 립) 無(없을 무) 援(당길, 도와줄 원)
進(나아갈 진) 退(물러날 퇴) 兩(두 양) 難(어려울 난)

유래

초나라의 패왕 항우와 한나라의 유방이 천하를 다투던 때, 항우에게 마지막 운명의 날이 다가오고 있었다. 아끼던 슬기로운 장수 범증마저 떠나 버리고, 결국 유방에게 눌려 한나라와 강화하고 동쪽으로 돌아가던 도중 해하에서 한나라의 명장 한신에게 포위당하고 말았다. 빠져나갈 길은 좀체로 보이지 않고 병졸은 줄어들며 군량미도 얼마 남지 않았는데, 한군과 제후의 군사는 포위망을 점점 좁혀 왔다.

그러던 어느 날 밤, 사방에서 초나라 노래가 들려왔다. 가뜩이나 고달픈 초나라 병사로 하여금 고향을 그리게 하는 구슬픈 노래였다. 한나라가 항복한 초나라 병사들로 하여금 고향 노래를 부르게 한 것이다. 항우는 깜짝 놀라면서 '한나라가 이미 초나라를 빼앗았단 말인가? 어찌 초나라 사람이 저렇게 많단 말인가?' 라고 탄식했다. 다음날 항우는 포위망을 뚫고 800기의 잔병을 이끌며 오강까지 갔지만 결국 건너지 못하고 그곳에서 자결하고 마니, 그의 나이 31세였다 한다.

항우는 사면에서 초나라 노래가 들리자 잠을 이루지 못하고 일어나 비통한 심정으로 술을 마셨다. 그에게는 우(虞)라는 미인과 추(騅)라는 준마가 있었는데, 항상 그의 곁에서 떠나지 않았다. 이에 항우는 '힘은 산을 뽑을 수 있고, 기개는 온 세상을 덮을 만하건만, 시운이 불리하니 추 또한 가려 하지 않는구나. 추도 가려 하지 않으니 이를 어찌해야 하는 것인가? 우미인아! 우미인아! 그대를 또 어찌해야 좋을 것인가?'라고 시를 지어 자신의 운명을 탄식하면서 몇 줄기의 눈물을 흘렸다고 한다. 이에 좌우에 있는 사람들도 모두 울며 차마 쳐다보지 못했고 우미인도 그의 시에 화답하고 자결하고 말았다. 이 정경은 '패왕별곡'이란 이름으로 연극과 영화의 주요 소재로 자주 인용되고 있다.

용례 연합군은 적군을 포위하고 사면초가의 작전을 폈다.

약육강식(弱肉強食)

약한 자는 강한 자에게 먹힌다는 뜻으로, 생존 경쟁의 살벌함을 말함.

유의어

■ 적자생존(適者生存) : 환경의 상태에 적합한 생물은 생존 경쟁에 이겨서 번영하고, 그렇지 못한 것은 점차 멸망하여 자연 도태되는 현상.

한자풀이

弱(약할 약) 肉(고기 육) 强(강할 강) 食(밥, 먹을 식)
適(갈 적) 者(사람 자) 生(날 생) 存(있을 존)

 유래

유종원이 문창을 위해 한유에게 글을 부탁하자, 한유가 문창에게 지어 준 〈송부도문창사서(送浮屠文暢師序)〉란 글에서 약육강식을 인용하여 널리 알려졌다. 이 글은 숭유억불의 사상을 고양시키기 위해서 쓴 것으로 그 내용을 살펴보면 다음과 같다.

"……문창은 스님이다. 만약 불교의 이론에 대하여 묻고 싶었다면 마땅히 그의 스승에게 찾아가서 물었을 것인데 무슨 까닭으로 우리 유학자들을 찾아와 의견을 요청했겠는가? 그는 우리의 임금과 신하, 아버지와 아들 사이의 위대한 윤리와 문물과 예악의 성대함을 보고서 마음속으로 반드시 흠모하고 있었을 것이다. 그러나 그의 불법에 얽매여 이리로 들어오지는 못하고 있었을 것이다. …… 새들이 몸을 숙여 모이를 쪼다가 몸을 들어 사방을 둘러보고 짐승들이 깊은 곳에 있으면서 드물게 나타나는 것은 다른 물건들이 자기를 해칠까 두렵기 때문인 것이다. 그런데도 거기에서 벗어나지 못하고 '약자의 고기를 강자가 먹고 있는 것'이다. 지금 내가 문창과 함께 편안히 살면서 여유 있게 먹고 지내고 유유히 살다가 죽을 수 있어서 새나 짐승과는 다른데 어찌 그 근원을 알지 않아도 괜찮겠는가?"

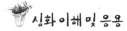 **심화 이해 및 응용**

《승정원일기》 고종 42년 을사(1905, 광무9)에 고은신, 곽종석이 올린 상소 중에 명헌태후의 상(喪)을 애도하면서 한국과 다른 나라의 관계를 다음과 같이 묘사했다. '대황제 폐하! 신은 삼가 생각건대, 폐하께서는 지금 상중에 계시어 평소처럼 완비된 격식을 갖출 수 없는 상황이므로 지금 소장(疏章)의 첫머리에도 감히 휘호를 갖추어 쓰지 않음으로써 망극하신 폐하의 생각을 우러러 본받고자 하는 바이니, 두려운 마음을 금할 길이 없습니다. ……아아, 천하에 제대로 된 사람은 없이 오로지 원숭이나 여우의 속임수만 난무하고 약육강식이 판을 치게 된다면, 앞으로 우리 한국과 같은 약소국만 망하게 될 뿐이 아닐 것이니 강한 일본이나 종횡무진하는 만국인들 영구히 홀로 살아남으리라 보장할 수 있겠습니까.'

> **용례** 신선놀음이라던 바둑계는 갈수록 약육강식의 정글이 되어 갔다.

와각지쟁(蝸角之爭)

달팽이의 촉각 위에서 싸운다는 뜻으로 작은 나라끼
리의 싸움이나 하찮은 일로 승강이하는 짓.

유의어

■ 만촉지쟁(蠻觸之爭) : 작은 나라끼리의 싸움. 즉
'하찮은 일로 승강이하는 짓'을 비유하여 이르
는 말. 《장자》에 달팽이의 왼쪽 뿔에 만씨, 오른
쪽 뿔에 촉씨가 있어 서로 싸웠다는 고사에서
온 말.

한자풀이

蝸(달팽이 와) 角(뿔 각) 之(갈 지) 爭(다툴 쟁)
蠻(오랑캐 만) 觸(닿을 촉)

 유래

기원전 4세기 전국 시대의 이야기다. 위나라 혜왕과
제나라 위왕이 우호조약을 체결했다. 그런데 제나라가

일방적으로 조약을 어기자, 화가 난 혜왕이 위왕에 대한 보복을 대신들과 논의했으나 그 의견이 분분했다. 이에 혜왕은 재상 혜자가 추천한 대진인에게 의견을 물었다. 대진인은 이렇게 말했다.

"전하, 달팽이라는 미물을 잘 아시지요? 그 달팽이의 왼쪽 뿔에 어떤 나라가 있고, 오른쪽 뿔에 또 다른 나라가 있었습니다. 그 두 나라는 영토 싸움을 되풀이하고 있었는데, 죽은 자만 해도 수만을 헤아리고 보름에 걸친 격전 후에야 겨우 군대를 철수했을 정도라고 합니다."

"농담도 작작 하시오."

"아닙니다, 결코 농담이 아닙니다. 이것을 사실과 비교해 보이겠습니다. 전하께서는 이 우주에 끝이 있다고 생각하시는지요?"

"끝이 있다고 생각지 않소."

"그럼 마음을 그 끝없는 세계에 두는 자의 눈으로 지상의 나라들을 보면 거의 있을까 말까 한 존재와 같다는 생각이 들지 않으십니까?"

"아무렴 그렇게도 말할 수 있을 것이오?"

"그 나라들 속에 위나라가 있고 그 안에 수도가 있으며, 또 그 안에 전하가 살고 계십니다. 이렇듯 우주의 무궁함에 비한다면, 전하와 달팽이 촉각 위의 국왕들과 무슨 차이가 있을까요?"

"그래 차이가 없다는 거로군."

대진인의 말을 듣고 혜왕은 제나라와 싸울 마음이 없어져 버렸다. 대진인이 물러가자 혜왕이 말했다.

"그는 성인도 미치지 못할 대단한 인물이오."

🌱 심화 이해 및 응용

조선조의 문인인 이식이 〈다시 죽도에서 노닐면서 화살대를 모으다〉란 시에 명·청 교체기의 군수물품 조달에 시달리는 우리나라의 실정을 다음과 같이 호소했다.

'전일 죽도를 찾았을 적엔, 비수리 풀 대신 대를 베어 점치려고 하였는데, 오늘 죽도를 찾은 목적은 군수물자 화살대를 채집함이다. 생각건대 그 옛날 상고 시대 복희씨는 신도(神道)로써 백성의 윤리 도덕을 세웠는데, 어쩌다 황제 헌원씨에 이르러선 창과 방패를 일삼게 되었는고. 그리하여 마침내 이 우주 간에 문교는 쇠해

지고, 무력만 판을 쳐서 피비린내나는 오랑캐 요동을
횡행하여, 이 해변 고을까지 군수품 나르게 하는고. 바
야흐로 이 봄철에 고생하는 이졸(吏卒)들, 짐 가득 실은
배 넘어질 듯 기우뚱. 곧은 화살대 부족해서 걱정이지.
많다면야 이 모험 어떻게 사양하랴! 지척의 거리에 봉
래산이 있건마는, 쯧쯧 불쌍해라 갈 곳을 모르다니, 어
떡하면 겨드랑이 날개를 달고, 와각지쟁 이 땅을 영원
히 벗어날꼬?'

용례 대자연의 변화는 와각지쟁에 골몰하고 있는 인간
에게 세상을 더 크고 넓게 바라볼 수 있는 안목을 갖도록
한다.

와신상담(臥薪嘗膽)

섶에 누워 쓸개를 씹는다는 뜻으로, 원수를 갚으려고 온갖 괴로움을 참고 견딤을 이르는 말.

유의어

■ 회계지치(會稽之恥) : 춘추 시대에 월왕 구천이 오왕 부차에게 회계산에서 패전하고 그 치욕을 잊지 않으려고 와신상담하여 마침내 복수하였다는 고사에서 유래됨.

한자풀이

臥(누울 와) 薪(섶 신) 嘗(맛볼 상) 膽(쓸개 담) 會(모일 회) 稽(머무를 계) 之(갈 지) 恥(부끄러워할 치)

 유래

춘추 시대, 월왕 구천과 싸워 크게 패한 오왕 합려는 적의 화살에 부상한 손가락의 상처가 악화되는 바람에 목숨을 잃었다. 임종 때 합려는 태자인 부차에게 반드시 구천을 쳐서 원수를 갚으라고 유언을 남겼다. 오왕이 된 부차는 부왕의 유언을 잊지 않으려고 '섶 위에서 잠을 자고' 자기 방을 드나드는 신하들에게는 방문 앞에서 부왕의 유언을 외치게 했다. '부차야, 월왕 구천이 너의 아버지를 죽였다는 것을 잊어서는 안 된다!' 이처럼 밤낮 없이 복수를 맹세한 부차는 은밀히 군사를 훈련하면서 때가 오기만을 기다렸다.

이 사실을 안 월왕 구천은 참모인 범려가 간했으나 듣지 않고 선제 공격을 감행했다. 그러나 월나라 군사는 복수심에 불타는 오나라 군사에 대패하여 회계산으로 도망갔다. 오나라 군사가 포위하자 진퇴양난에 빠진 구천은 범려의 헌책에 따라 우선 오나라의 재상 백비에게 많은 뇌물을 준 뒤 부차에게 신하가 되겠다며 항복을 청원했다. 이때 오나라의 중신 오자서가 '후환을 남기지 않으려면 지금 구천을 쳐야 한다.'고 간했으나 부차는 백비의 진언에 따라 구천의 청원을 받아들이고 귀국까지 허락했다.

구천은 오나라의 속령이 된 고국으로 돌아오자 항상 곁에다 쓸개를 놔두고 앉으나 서나 그 쓴맛을 맛보며 회계의 치욕을 상기했다. 그리고 부부가 함께 밭 갈고 길쌈하는 농군이 되어 은밀히 군사를 훈련하며 복수의 기회를 노렸다. 이로부터 20년이 흐른 뒷날 월나라 왕 구천이 오나라를 쳐서 이겨 오왕 부차를 굴복시키고 마침내 회계의 굴욕을 씻었다. 부차는 용동에서 여생을 보내라는 구천의 호의를 사양하고 자결했다. 그 후 구천은 부차를 대신하여 천하의 패자가 되었다.

심화 이해 및 응용

다음은 한말의 충신인 최익현(崔益鉉 1833~1906)이 병자수호조약과 을사조약의 부당성을 통렬하게 비판하고 와신상담의 심정으로 쓴 〈재격문(再檄文)〉이다.

'아! 임금이 욕을 당하면 신하는 죽어야 한다. 맹세코 와신상담을 잊지 말아야 하니, 땅이 꺼지고 하늘이 무너지니 둥지와 알이 모두 깨짐을 통탄한다. 적왕을 격파하여 그대들과 함께 분개하며 원수를 갚으리라……'

용례 그의 눈부신 도약은 와신상담의 시간을 효율적으로 보낸 덕분이다.

파죽지세(破竹之勢)

대나무를 쪼개는 기세라는 뜻으로, 곧 세력이 강대하여 대적을 거침없이 물리치고 쳐들어가는 기세이거나 세력이 강하여 걷잡을 수 없이 나아가는 모양. 세여파죽(勢如破竹)이라고도 함.

한자풀이

破(깨뜨릴 파) 竹(대 죽) 勢(형세 세)

 유래

위나라의 권신 사마염은 원제를 폐한 뒤 스스로 제위에 올라 무제라 일컫고, 국호를 진(晉)이라고 했다. 이리하여 천하는 3국 중 유일하게 남아 있는 오나라와 진나라로 나뉘어 대립하게 되었다. 이윽고 무제는 진남대장군 두예에게 출병을 명했다. 이듬해 2월, 무창을 점령한 두예는 휘하 장수들과 오나라를 일격에 공략할 마지막 작전 회의를 열었다. 이때 한 장수가 이렇게 건의했다.

"지금 당장 오나라의 도읍을 치기는 어렵습니다. 이

제 곧 잦은 봄비로 강물은 범람할 것이고, 또 언제 전염병이 발생할지 모르기 때문입니다. 그러니 일단 철군했다가 겨울에 다시 공격하는 것이 어떻겠습니까?"

찬성하는 장수들도 많았으나 두예는 단호히 말했다.

"그건 안 될 말이오. 옛날에 악의는 제서(濟西)의 한 번 싸움에서 승리하여 강국 제나라를 병합했다. 지금 아군의 사기는 마치 '대나무를 쪼개는 기세'요. 대나무란 처음 두세 마디만 쪼개면 그 다음부터는 칼날이 닿기만 해도 저절로 쪼개지는 법인데, 어찌 이런 절호의 기회를 버린단 말이오."

두예는 곧바로 휘하의 전군을 휘몰아 오나라의 도읍 건업으로 진격하여 단숨에 공략했다. 이어 오왕 손호는 제대로 싸울 생각도 없이 항복함에 따라 마침내 진나라는 오나라를 정벌하고 천하를 통일하게 되었다.

심화 이해 및 응용

명나라 유격장군 송대빈은 남원 남숙성 고개에서 왜적을 크게 이기고 돌아오다가 광한루에서 쉬면서 다음과 같은 시를 지었다.

'싸움을 파하고 돌아오다가 지쳐서 누각에 기대어,
큰 시내에 칼 씻고 말에게 물 먹이네.
팔산(八山)의 초목은 천년의 좋은 경치요,
사야(四野)의 봉화(烽火) 연기가 한눈에 들어오네.
오늘 파죽지세(破竹之勢)로 몰고 가는데,
오히려 연을 캐던 옛날의 놀이가 생각나네.
내일 아침엔 군대를 엄정히 하여 추격할 터이니,
만리의 공명을 정히 여기어 구하네.'

용례 한국 축구가 파죽지세로 연승 행진을 거듭하고 있다.

제9장
경제와 빈부

견물생심(見物生心)

물건을 보면 욕심이 생긴다는 뜻.

한자풀이

見(볼 견) 物(물건 물) 生(날 생) 心(마음 심)

 유래

견물생심은 좋은 물건을 보면 누구나 그것을 가지고 싶은 마음이 생긴다는 뜻이다. 욕심은 인간의 본성이 사물을 접하면서 드러나는 자연적인 감정 중의 하나이다. 물건을 보고 탐하는 마음이 생기는 것은 인지상정이라 할 수 있다. 그러나 사람은 동시에 이성을 가지고 있어서, 아무리 욕심이 나더라도 자신의 물건이 아니거나, 자신의 분수를 넘어서는 물건이면 더 이상 탐내지 않고 절제할 줄 알아야 한다.

심화 이해 및 응용

 우리 속담에 '내 떡보다 남의 떡이 커보인다.'는 말처럼 남의 물건을 보면 욕심이 생기기 마련인데, 이를 경계하는 말로 무슨 일이든 지나치면 오히려 모자람만 같지 못하다는 뜻인 과유불급(過猶不及)과 달도 차면 기운다는 뜻인 월영즉식(月盈則食)이 적격이다. 욕심도 마찬가지다. 지나치면 오히려 화를 부르게 된다.

> **용례** '바다는 메워도 사람 욕심은 못 메운다.'는 속담처럼 우리의 십년지기 우정도 견물생심 때문에 깨졌다.

경국제세(經國濟世)

나라 일을 경륜하고 세상을 구제함. '경제(經濟)'의 본말.

한자풀이

經(지날 경) 國(나라 국) 濟(건널 제) 世(인간 세)

유래

경국제세는 본래 국가의 재무나 각종 경제 활동을 비롯하여 정치·법률·군사·교육 등의 문제를 포괄하여 국가를 다스리고 널리 백성을 구제한다는 뜻이다. 그런데 경국제세의 준말인 '경제'가 일본으로 전파되고, 19세기 서방 경제학이 동양에 들어온 이후에 일본학자들이 단순히 이코노믹(economics)을 '경제학(經濟學)'으로 번역했고, 당시 중국은 이를 '생계학(生計學)'으로 번역했었다. 그러나 1980년대 이후부터 '경제'로 용어가 통일되게 되었다. 오늘날의 경제란 뜻은 사람들의 필요나 욕망을 충족하기 위하여 재화를 획득하고 사용하는 일체의 행위로 원래의 경국제세의 뜻과는 거리가 있다.

심화 이해 및 응용

박제가(朴齊家 1750~1805)는 《북학의》에서 재물을 우물에 비유하고 경제는 수요가 있어야 공급이 이루어진다면서 다음과 같이 말했다.

"재물이란 우물과 비교할 수 있다. 즉, 우물물은 계속 퍼내도 가득 차지만 퍼내지 않으면 고갈되고 만다. 또 비단옷을 입지 않으면 나라에 비단 옷감을 짜는 사람이 없어지고 만다. 농업이 황폐화가 되면 나라의 법을 제대로 세울 수가 없고, 상업이 일어나지 않으면 다른 직업이 생기지 않아 백성은 물론 사대부들도 모두 가난해져서 서로 구제할 수가 없는 것이다. 나라 안의 보물이 나라 안에서 능히 수용될 수 없으면 다른 나라로 들어가기 마련이다. 사람들이 날마다 더욱 부유롭게 돼야 나 또한 날마다 부유롭게 되는 것이 자연의 추세인 것이다."

용례 허균이 쓴 〈명훈〉에 "예장의 장상공이 말하였다. '빈곤해도 검소를 자랑 말고 부유해도 청렴을 자랑 말라. 권세 있는 자리에 있을 때는 벼슬하고 싶은 생각이 없다는 말을 하지 말고, 산림에 은거하고 있을 때는 경국제세를 책임진다는 말을 하지 말라.'"고 하였다. 참고로 2005년도 우리나라 대학생들은 대통령에게 가장 말하고 싶은 사자성어로 '경국제세'를 뽑은 적이 있었다.

동가식서가숙(東家食西家宿)

동쪽 집에서 먹고 서쪽 집에서 잔다는 뜻으로, 탐욕스럽게 잇속을 차리느라고 지조없이 간에 붙었다 쓸개에 붙었다 하는 사람을 비유하거나 먹을 곳, 잘 곳이 없어 정처없이 떠돌아다니는 사람이나 일.

유의어

- 남부여대(男負女戴) : 남편은 지고 부인은 머리에 인다는 뜻으로, 가난한 사람이 살 곳을 찾아 이리저리 떠돌아다님을 이르는 말.
- 유리걸식(遊離乞食) : 정처없이 떠돌아다니며 걸식을 함.

한자풀이

東(동녘 동) 家(집 가) 食(밥, 먹을 식) 西(서녘 서)
宿(잘 숙) 男(사내 남) 負(질 부) 女(계집 여) 戴(일 대)
遊(놀 유) 離(데놓을 리) 乞(빌 걸) 食(밥 식)

유래

　옛날 제나라 사람이 혼기에 찬 딸 하나를 두고 있었는데, 두 곳에서 동시에 혼담이 들어왔다. 동쪽에 사는 남자는 집안이 넉넉하지만 얼굴이 못생겼고, 서쪽에 사는 남자는 얼굴은 잘생겼으나 집안이 가난했다. 그 부모가 딸에게 말하기를 '네가 동쪽에 가고 싶으면 왼손을 들고, 서쪽으로 가고 싶으면 오른손을 들라.'고 했다. 이 말을 들은 딸은 두 손을 다 들었다. 이에 부모가 그 이유를 물었더니 '밥은 동쪽에 가 먹고, 잠은 서쪽에서 자면 되잖아요.' 라고 하였다.

심화 이해 및 응용

　조선 초에 태조 이성계가 개국 공신을 모아 놓고 자축연을 베풀었다. 이때 술이 거나하게 취한 정승이 취중에 설중매라는 미모의 기생 손을 만지작거리면서 수작을 걸었다.

　"내 듣자하니 너는 아침에는 동쪽 집에서 먹고, 저녁에는 서쪽 집에서 잠을 잔다고 하더구나. 오늘밤은 나하고 잠자리를 같이하면 어떻겠느냐?"

그러자 설중매가 거침없이 대답했다.

"좋사옵니다. 대감마님! 어제는 고려의 왕씨를, 오늘은 조선의 이씨를 섬기는 정승과 동가식서가숙하는 천한 기생이 잠자리를 함께하면 궁합 또한 잘 맞겠나이다."

> **용례** 자기 실속을 위해 옷을 바꿔 입는 철새 정치인들이나 실직 후 오갈 데도 없는 사람들 모두가 동가식서가숙하는 사람들이다.

매점매석(買占賣惜)

물건값이 오를 것을 예상하고 물건을 많이 사두었다가 값이 오른 뒤 아껴서 파는 것을 이르는 말.

한자풀이

買(살 매) 占(점칠, 차지할 점) 賣(팔 매) 惜(아낄 석)

 유래

《허생전》에 '허생이 대추·밤·감·배며, 석류·귤·유자 등속의 과일을 모조리 곱절의 값으로 사들였다. 얼마 후 온 나라가 잔치나 제사를 못 지낼 형편에 이르러서, 허생에게 과일을 팔았던 상인들이 도리어 열 배의 값을 주고 사갔다.' 라고 하였다.

심화 이해 및 응용

매점매석은 오늘날뿐만 아니라 과거부터 정상적인 거래를 파탄시키고 민생을 괴롭히는 대표적인 악덕상술이었다. 고종 19년 6월, 조동필에게 '매점매석은 크게 민

폐와 관계되는 일이니 일체 혁파하라.'고 전교를 내렸
던 것에서도 확인할 수 있다.

> 용례 추석을 맞이하여 농산물의 매점매석 행위를 단속
> 하다.

삼순구식(三旬九食)

　삼순, 곧 한 달에 아홉 번 밥을 먹는다는 뜻으로, 집안이 가난하여 먹을 것이 없어 굶주린다는 말.

유의어

■ 상루하습(上漏下濕) : 위에서는 비가 새고 아래에서는 습기가 차오른다는 뜻으로 가난한 집을 비유하는 말.

한자풀이

三(석 삼) 旬(열흘 순) 九(아홉 구) 食(먹을 식) 上(위 상) 漏(샐 누) 下(아래 하) 濕(젖을 습)

 유래

　도연명의 〈의고시〉에서 유래되었는데, 그 내용은 다음과 같다.

　'동방에 한 선비가 있으니 옷차림이 항상 남루하였고, 한 달에 아홉 끼가 고작이요, 십년이 지나도록 관직

하나로 지내더라도 고생이 이에 비할 데 없건만 언제나 좋은 얼굴로 있더라. 내 그분을 보고자 하여 이른 아침에 하관(河關)을 넘어 갔더니, 푸른 소나무는 길옆에 울창하고 흰 구름은 처마 끝에 잠들더라. 내 일부러 온 뜻을 알고 거문고 줄을 골라 연주하니, 높은 음은 남편과 이별한 아내의 슬픈 노래인 별학조의 놀란 듯한 가락이고, 낮은 소리는 배우자가 없음을 슬퍼하는 노래인 고란(孤鸞)이 아닌가. 이제부터 그대 곁에서 늙을 때까지 살고 싶네.'

심화 이해 및 응용

신흠이 쓴 〈구정록〉에 '도간이란 자는 8주(州) 군사의 도독 직위를 맡고 5등(等)의 작위를 누린 기간이 무려 41년으로써 첩이 수십 명에 이르렀고 집에서 부리는 하인이 천여 명이나 되었으며 진기한 보화가 임금의 곳간보다도 더 많았으니 큰 복을 향유했다고 할 것인데, 이에 반하여 팽택의 도연명은 삼순구식할 정도로 가난하였으니, 이것은 어찌된 일인가? 하지만 옛사람의 인품을 평하는 인사들은 이것을 저것과 바꾸지 않으니, 공

명이 도덕보다 못하고 부유한 것이 은거해서 검소하게
사는 것보다 못하다는 것이 분명하다.' 라며 빈부의 차
이를 한탄하면서 그래도 공명이 도덕보다 못하다고 주
장했다.

> **용례** IMF 직후, 길거리에는 삼순구식하는 노숙자들이
> 넘쳐났다.

소탐대실(小貪大失)

작은 것을 탐하다가 큰 손실을 입는다는 뜻.

유의어

- 견리망의(見利忘義) : 이익을 보고 의리를 잊는다는 뜻.
- 여아부화(如蛾赴火) : 나방은 불에 몸을 던져 죽는다. 자신이 망가지는 것은 생각하지 않고 눈앞의 이익만 좇음.

한자풀이

小(작을 소) 貪(탐할 탐) 大(큰 대) 失(잃을 실) 見(볼 견)
利(날카로울, 이익 리) 忘(잊을 망) 義(의로울 의)
如(같을 여) 蛾(나방 아) 赴(나아갈 부) 火(불 화)

유래

북제 유주의 《신론》에 나오는 말이다. 즉, 전국 시대 진나라 혜왕이 촉나라를 공격하기 위해 계략을 짰다.

혜왕은 욕심이 많은 촉후(蜀侯)를 이용해 지혜로 촉나라를 공략하기로 했다. 그래서 신하들로 하여금 소를 조각하게 해 그 속에 황금과 비단을 채워 넣고 '쇠똥의 금'이라 칭한 후 촉후에 대한 우호의 예물을 보낸다고 소문을 퍼뜨렸다. 이 소문을 들은 촉후는 신하들의 간언을 듣지 않고 진나라 사신을 접견했다.

진의 사신이 올린 헌상품의 목록을 본 촉후는 눈이 어두워져 백성들을 징발하여 보석의 소를 맞이할 길을 만들었다. 혜왕은 보석의 소와 함께 장병 수만 명을 촉나라로 보냈다. 촉후는 문무백관을 거느리고 도성의 교외까지 몸소 나와서 이를 맞이했다. 그러다 갑자기 진나라 병사들은 숨겨 두었던 무기를 꺼내 촉을 공격하였고, 촉후는 사로잡히고 말았다. 이로써 촉은 망하고 보석의 소는 촉의 치욕의 상징으로 남았다. 촉후의 소탐대실이 나라를 잃게 만든 것이다. 이처럼 작은 것에 눈이 어두워져 큰 것을 잃는다는 뜻으로 쓰이는 말이다.

심화 이해 및 응용

우리 속담에 '빈대 잡으려다 초가삼간을 태우는 우를

범하다.' 는 말과 또 눈앞의 이익 때문에 의리를 잃는다는 뜻의 견리망의와 일맥상통한다.

《장자》에 나오는 고사이다. 장자가 조릉(雕陵)의 정원으로 사냥을 갔을 때의 일이다. 한 큰 새를 활로 쏘려고 하는데 새가 움직이지를 않았다. 자세히 보니 그 새는 제비를 노리고 있었고, 그 제비 또한 매미를 노리고 있었다. 매미는 제비가 자신을 노리고 있는 줄도 모르고 즐겁게 울고 있었다. 새와 제비, 매미는 모두 눈앞의 이익에 마음이 빼앗겨 자신에게 다가오는 위험을 몰랐던 것이다. 장자가 생각에 잠겨 있을 때 정원지기가 다가와 정원에 함부로 들어온 그를 책망했다. 장자 또한 이익을 보고 자신의 처지를 깨닫지 못했던 것이다. 이때부터 견리망의는 '눈앞의 이익에 사로잡혀 자신의 참된 처지를 모르게 된다.' 는 뜻으로 쓰이게 되었다.

용례 최근 IT 업계에 부는 인력 감축은 소탐대실의 경향이 짙다. 매출 부진에 따른 비용 절감 차원에서 단행된 기업 구조 조정에 '감원' 이 최선책은 아닐 것이다.

일거양득(一擧兩得)

한 가지 일로써 두 가지 이익을 얻는다는 뜻.

유의어

- 일석이조(一石二鳥) : 한 개의 돌을 던져 두 마리의 새를 맞추어 떨어뜨린다는 뜻으로 한 가지 일을 해서 두 가지 이익을 얻음을 이르는 말.
- 일전쌍조(一箭雙鳥) : 화살 하나로 두 마리의 새를 떨어뜨림. 곧 '한 가지 일로 두 가지 이득을 취함'을 비유하여 이르는 말.

한자풀이

一(한 일) 擧(들 거) 兩(두 양) 得(얻을 득) 石(돌 석)
二(두 이) 鳥(새 조) 箭(화살 전) 雙(쌍 쌍)

 유래

《진서》〈속석전〉에 다음과 같은 이야기가 나온다. 진나라의 혜제 때 저작랑을 지냈으며, 진사를 편찬한 속석이 농업 정책에 관하여 진언하였다. 그는 이때 '위나라 때의 개척지인 양평 지방으로 들어가 살게 했던 백성들을 다시 서쪽으로 이주시키자.' 고 제의하였는데, 그 성과를 다음과 같이 들었다. '백성들을 서주로 이주시킴으로써 변방 지역을 보충하고, 10년 동안 부세를 면제해 줌으로써 이주시킨 일을 위로합니다. 이렇게 하면 밖으로는 실제적인 이익이 있게 되고, 안으로는 관용을 베푸는 일이 되어 일거양득이 됩니다.'

심화 이해 및 응용

《춘추후어》에서도 다음과 같은 '변장자 이야기'로 일거양득을 설명하고 있다. 힘이 장사인 변장자가 여관에 투숙하였다. 밤이 깊어지자, 밖에서 호랑이가 나타났다는 소리가 들렸다. 이 말을 듣고 호랑이를 잡으러 나가려고 하자, 여관의 사동 아이가 말리면서,

"지금 호랑이 두 마리가 나타나서 서로 소를 차지하려고 싸우고 있습니다. 잠시 후면 한 마리는 죽고, 한 마리는 상처를 입을 것입니다. 그러면 그때 가서 잡으십시오."

라고 하였다. 사동의 말대로 변장자는 힘 안 들이고 한 꺼번에 호랑이 두 마리를 잡았다. 일거양득이라는 말을 쓰게 된 것은 이때부터이다.

용례 인터넷전화를 PC와 연결해 사용하면 전화와 초고속인터넷을 동시에 이용할 수 있어 일거양득이다.

호구지책(糊口之策)

입에 풀칠하다라는 뜻으로 겨우 먹고 살아가는 방책.
호구지계(糊口之計)라고도 함.

한자풀이

糊(풀칠할 호) 口(입 구) 之(갈 지) 策(꾀 책)

 유래

춘추 전국 시대, 은공이 제나라와 정나라의 임금과 더
불어 허나라를 정벌했다. 세 사람이 힘을 합해 허나라를
정벌하니 허나라의 임금은 위나라로 달아났다. 이에 제
나라 임금은 허나라의 땅을 은공에게 하사하려고 했는
데 은공이 말하기를,

"제나라 임금께서 허나라가 왕실에 대한 직분을 다하
지 않는다고 하기에, 저는 제나라 임금을 따라 토벌했을
뿐입니다. 이제 허나라는 그 죄에 굴복했습니다. 비록
제나라 임금께서 명령을 하시더라도 과인은 감히 받들
지 못하겠습니다."

하고 그 땅을 정나라의 임금에게 주었다. 정나라의 임금은 허나라의 대부(大夫) 백리로 하여금 허숙을 받들고 허의 동쪽 변방에 있도록 하고서는 말하기를,

"하늘이 허나라에 재앙을 내렸으며 허나라의 조상신들이라 할지라도 이를 도와주지 못하고 과인의 손을 빌려 이를 치게 했습니다. 그러나 과인은 몇 사람 안 되는 어른들마저도 편치 못하게 하는 몸인데 어찌 감히 스스로 공이 있음을 자처하겠습니까? 과인은 또 한 사람의 아우가 있으면서도 서로 화목하지 못하여 이 나라 저 나라로 다니면서 호구토록 하는 처지인데, 하물며 남의 나라인 허를 오래 영유할 수 있겠습니까? 그대는 허숙을 받들어서 백성을 위로하여 어루만지면서 다스리도록 하십시오. 나는 장차 획(獲)으로 하여금 그대를 돕게 하겠습니다."

정나라의 임금은 어머니와 사이가 좋지 못했고, 그의 동생이 모반을 꿈꾸었기 때문에 다른 나라로 내쫓은 적이 있었다. 그래서 허나라를 다스릴 만한 덕이 없다고 말한 것이다. 그의 동생이 나라에서 쫓겨나 힘겹게 사는 것을 '입에 풀칠이나 한다.'는 뜻의 '호구'로 비유한 것

에서 유래하여 뒷날에는 겨우 겨우 굶어 죽지 않을 정
도로 살아가는 것을 말할 때 '호구'라 했고, 또 이렇게
라도 삶을 살아가는 방책이란 뜻의 '호구지책'이란 말
이 쓰이게 되었다.

 심화 이해 및 응용

진나라의 도연명은 천성이 자연을 좋아하고 세속에
영합하는 것을 싫어했다. 하지만 식솔은 많아 생활이 말
이 아니었다. 보다 못한 친척이 팽택이란 작은 고을을
다스리는 말단 관직을 알선해 주었다. 당시 그의 나이는
마흔하나였고, 봉급은 쌀 다섯 말이었다. 그러나 이는
호구지책을 위해 잠시 자신의 천성을 굽혀 응하기는 했
지만 도무지 할 짓이 아니었다. 때문에 공무보다는 매일
음풍농월을 하면서 지냈다.

이런 따분한 생활이 계속되던 중 하루는 공문이 날아
들었다. 군수가 순시를 나가니 관아를 깨끗이 청소하고
의관을 단정히 하여 대기하라는 것이었다. 구속을 싫어
했던 그가 받아들일 리 없었다. 이에 '내 어찌 쌀 다섯
말 때문에 허리를 굽힐 수 있으랴!'라며 미련 없이 사표

를 던지고 고향으로 되돌아왔다. 부임한 지 두 달 남짓의 일이었다. 집에 돌아와 자연을 벗삼으면서 전원생활의 즐거움을 읊은 것이 유명한 〈귀거래사〉였다.

용례 그는 정년퇴직 후에 호구지책으로 교외에 밭을 장만하고자 했으나, 그 꿈마저 이루지 못했다.

화씨지벽(和氏之璧)

천자의 명옥으로 숨겨져 있는 아주 중요한 보물을 가리키는 말. 또 참된 보물은 이를 알아보는 사람이 나와야 그 진가를 알 수 있다는 뜻으로도 쓰인다.

유의어

■ 완벽귀조(完璧歸趙) : 구슬을 온전히 보전하여 조나라로 돌려보내다. 즉, 어떤 일을 완벽하게 처리한다는 뜻이다.

한자풀이

和(화할 화) 氏(성 씨) 之(갈, 어조사 지) 璧(둥근옥 벽)
完(완전할 완) 歸(돌아갈 귀) 趙(나라 조)

 유래

《한비자》에 나오는 이야기다. 전국 시대 초나라 사람 변화씨는 초산 속에서 옥의 덩어리를 발견하자 곧바로 여왕(厲王)에게 바쳤다. 여왕이 감정가에게 맡기니 보통 돌이라고 하자 변화씨가 거짓말을 했다고 하여 왼쪽 발꿈치를 자르는 형벌을 주었다. 여왕이 죽고 무왕이 즉위하자 화씨는 또 옥돌을 무왕에게 다시 비췄으나 이번에도 지난번과 마찬가지로 거짓말을 했다고 하여 오른쪽 발꿈치마저 잘렸다. 어느덧 세월이 지나 무왕도 죽고, 문왕이 즉위하자 변화씨는 옥덩어리를 품고 초산 밑으로 들어가 사흘 동안 피눈물을 흘리며 서글프게 울었다. 문왕이 이 사실을 듣고 사람을 보내어 그 까닭을 묻자 그는 '보옥을 돌이라 하고, 곧은 선비를 사기꾼이라 하는 것이 슬퍼서 그렇다.'고 답했다. 이에 왕은 옥 덩어리를 잘 다듬는 장인에게 맡긴 결과 천하의 보옥을 얻을 수 있었는데, 이를 '화씨지벽'이라고 불렀다.

🌱 심화 이해 및 응용

화씨지벽은 그 뒤 조나라 혜문왕의 손에 들어갔다. 이를 탐낸 강대국 진나라 소양왕은 자국의 15개 성과 바꿀 것을 요구했다. 그러나 실제로는 성을 내주지 않고 옥구슬만 차지할 속셈이었다. 이 문제로 진나라에 사신으로 갔던 조나라의 인상여는 진나라의 음모를 알아채고 구슬에 흠집이 있는 곳을 알려 주겠다고 둘러댄 뒤 '아무런 흠집이 없는' 화씨지벽을 되찾아 몰래 자기 나라로 돌려보냈다. 여기에서 '완벽(完璧)'이라는 말이 유래되었다.

용례 비록 다리가 잘리는 한이 있어도 진실한 논문을 쓰는 것은 학자들의 본분이며, 그런 의미에서 '화씨지벽'과 '완벽'은 학자들이 가슴에 깊이 새겨야 할 고사이다.

제10장
계절과 자연

만경창파(萬頃蒼波)

만 이랑의 푸른 물결이라는 뜻으로, 한없이 넓고 푸른 바다.

한자풀이

萬(일만 만) 頃(이랑 경) 蒼(푸를 창) 波(물결 파)

 유래

만경창파의 경(頃)은 원래 넓이를 표시하는 단위로 백 묘(畝)를 뜻한다. 일 묘는 사방 100보(步) 정도의 넓이이고, 100묘는 사방 1만 보 정도의 넓이를 뜻한다. 따라서 일 경은 사방 1만보 정도의 넓이라고 할 수 있고, 만 경은 사방 1억보 정도의 광활한 넓이가 된다. 창파는 푸른 물결이란 뜻이다.

심화 이해 및 응용

소식의 《적벽부》에서 만경창파를 다음과 같이 인용하고 있다.

'임술년(1082) 7월 16일에 소자(蘇子, 소식)는 손님과 함께 배를 띄워 적벽강 아래에서 노니, 맑은 바람은 서서히 불어오고 파도는 일어나지 않았다. 술잔을 들어 손님에게 권하고 명월시(明月詩)를 외우고 요조장(窈窕章)을 노래했는데, 조금 있다가 달이 동산 위로 떠올라 두성(斗星)과 우성(牛星) 사이에 배회하니, 흰 이슬은 강을 가로질러 있고 물빛은 하늘을 접해 있었다. 갈대만 한 작은 배의 가는 바를 따라 만경의 아득한 물결을 타고 가니, 그 호탕함은 마치 허공에 의지하고 바람을 타고 가는 듯하여 그칠 바를 모르겠고, 세상을 버리고 홀로 서서 학이 되어 신선으로 오르는 듯하였다.'

용례　〈뱃노래〉 중에 만경창파를 다음과 같이 묘사했다. '어기야 디여차 어야디야 어기여차 뱃놀이 가잔다. 부딪치는 파도소리 단잠을 깨우니 들려오는 노젓는 소리 처량도 하구나! 만경창파에 몸을 실리어 갈매기도 벗을 삼고 싸워만 가누나!'

연비어약(鳶飛魚躍)

하늘에 솔개가 날고 물 속에 고기가 뛰어노는 것이 자연스럽고 조화로운데, 이는 솔개와 물고기가 저마다 나름대로의 타고난 길을 가기 때문이라는 뜻으로, 만물이 저마다의 법칙에 따라 자연스럽게 살아가면, 전체적으로 천지의 조화를 이루게 되는 것이 자연의 오묘한 도(道)임을 말함.

유의어

■ 비공비색(非空非色) : 공도 색도 아니다. 우주 만물은 다 실체가 없는 공허한 것이나, 인연의 상관 관계에 의해서 존재하기도 한다. 그러나 다시 근원을 살펴본다면 실체와 공허한 것 모두 없다는 뜻이다.

한자풀이

鳶(솔개 연) 飛(날 비) 魚(물고기 어) 躍(뛸 약)

유래

《시경》〈대아〉의 한록편에 '산뜻한 구슬잔엔 황금잎이 가운데 붙었네. 점잖은 군자님께 복과 녹이 내리네. 솔개는 하늘 위를 날고, 고기는 연못에서 뛰고 있네. 점잖은 군자님께서 어찌 인재를 잘 쓰지 않으리오.' 라는 시에서 유래되었다.

심화 이해 및 응용

조선조의 대학자인 이이가 19세 때 금강산에 들어갔을 때 어느 도승이 물었다.

"유교에도 비공비색이라는 말과 같은 법어가 있느냐?"

이에 율곡은 즉석에서 대답하였다.

"연비어약이 곧 비공비색의 의사입니다."

그리고는 다음과 같이 시를 지었다.

'솔개 하늘을 날고 물고기 물에서 뛰는 이치, 위나 아래나 똑같아, 이는 색도 아니오 또한 공도 아니라네. 실없이 한 번 웃고 내 신세 살피니, 석양에 나무 빽빽한 수풀 속에 나 홀로 서 있었네.'

용례 이황은 〈도산십이곡〉에서 '봄바람이 산 가득 꽃을 피우고, 가을 밤 달빛이 환히 비추는 것은 어긋남이 없는 우주의 질서이고, 사계절의 아름다운 흥취와 함께함은 자연과 합일된 인간의 모습이다. 게다가 솔개가 하늘을 날고 물고기가 못에서 뛰노니 이는 우주의 이치가 잘 발현된 것이다.' 라고 했다.

요산요수(樂山樂水)

산을 좋아하고 물을 좋아한다는 뜻으로, 산수와 경치를 좋아함을 이르는 말.

유의어

- 천석고황(泉石膏肓) : 산수를 사랑함이 지극하여, 마치 불치의 깊은 병에 걸린 것같이 되었음'을 이르는 말. 연하고질(烟霞痼疾)이라고도 함.
- 산자수명(山紫水明) : 산빛이 곱고 강물이 맑다는 뜻으로, 산수가 아름다움을 이르는 말.

한자풀이

樂(좋아할 요, 즐길 락) 山(메 산) 水(물 수) 泉(샘 천)
石(돌 석) 膏(염통밑 고) 肓(명치끝 황)

 유래

《논어》〈옹야편〉에 나오는 말이다. 즉, 공자가 말하길 '슬기로운 사람은 물을 좋아하고, 어진 사람은 산을 좋

아한다. 슬기로운 사람은 물같이 움직이고 어진 사람은
산같이 고요하다. 슬기로운 사람을 즐거워하고 어진 사
람은 장수한다.'고 하였는데, 그 중 '슬기로운 사람은
물을 좋아하고, 어진 사람은 산을 좋아한다.'는 말에서
유래된 것이다.

심화 이해 및 응용

어진 자가 산을 좋아하는 까닭은 의리에 밝고 산과
같이 중후하여 변하지 않기 때문이요, 지혜로운 자가
물을 좋아하는 까닭은 사리에 통달하여 물과 같이 막힘
이 없기 때문이다. 또 어진 자는 정적인 까닭에 성정이
안정되고 그 뜻이 오래가며 장수할 수 있고, 슬기로운
자는 동적인 까닭에 부단히 자기 완성을 향한 즐거움을
누릴 수 있다는 뜻이다.

용례 서울은 한강이 관통하고 북한산 · 관악산 · 도봉산
등 명산으로 둘러싸여 가히 요산요수할 수 있는 도시이다.

일엽지추(一葉知秋)

나뭇잎 하나가 떨어짐을 보고 가을이 옴을 안다. 한 가
지 일을 보고 장차 오게 될 사물을 미리 짐작한다는 뜻.

유의어

■ 오상고절(傲霜孤節) : 서릿발이 심한 추위 속에
　서도 굴하지 않고 홀로 꼿꼿하다는 뜻으로, 충
　신 또는 국화나 가을을 말함.

한자풀이

一(한 일) 葉(잎 엽) 知(알 지) 秋(가을 추) 傲(거만할 오)
霜(서리 상) 孤(외로울 고) 節(마디 절)

 ### 유래

《문록》이라는 책에 당나라 사람이 지은 시라면서 이
런 대목을 싣고 있다. '산승은 갑자 세는 것은 모르지
만, 나뭇잎 하나 떨어지는 것을 보고 가을이 돌아왔음
을 아노라.' 또 전한 때 유안이 지은 《회남자》의 〈설산

훈편〉에는 '작은 것으로 큰 것을 밝히고, 한 잎이 지는 것을 보고 한 해가 저물어감을 안다. 병 속의 얼음을 보고서 세상이 추워졌음을 알 수 있노라.'고 한데서 유래되었다.

심화 이해 및 응용

우리 속담에 '될성부른 나무는 떡잎부터 안다.'는 말과 '냄비 안의 고기를 모두 먹어보지 않고 한 점의 고기만 맛보아도 전체의 맛을 알 수 있다. 또 습기를 빨아들이지 않는 새 날개와 습기를 잘 받아들이는 숯을 달아두면 공기가 건조한지 습한지를 알 수 있다.' 등의 뜻과도 일맥상통한다. 바로 작은 것으로써 큰 것을 밝혀낸다는 말이다.

용례 낙엽 하나로도 가을이 오는 것을 알 수 있듯 총선 이후 주가 움직임으로 작게나마 민심을 읽을 수 있다.

일의대수(一衣帶水)

띠처럼 좁은 강이나 해협, 또는 그와 같은 강을 사이에 두고 가까이 접해 있음을 이르는 말.

유래

《남사》〈진본기〉에서 나오는 이야기이다. 즉, 수나라 문제인 양견은 진나라 임금인 진숙보가 주색에 빠져 정사를 돌보지 않는 혼란한 틈을 타서 진나라를 정벌하기로 했다. 그리하여 587년에 문제는 자신의 차남인 양광을 총대장으로 삼고 수많은 병사를 동원하여 진나라를 공격하게 하였다. 그런데 이 두 나라 사이에는 드넓은 장강이 가로막고 있어서 공략하기가 쉽지 않았다. 하지만 문제는 '나는 백성들의 어버이로서, 어찌 옷의 띠와 같은 물 때문에 이를 구원하지 않을 수 있겠는가?' 라며, 장강을 일의대수로 가볍게 표현하면서 병사들을 독려

하여 장강을 건너 진나라를 공격하게 하였다. 결국 진
숙보가 수나라의 병사들에게 사로잡히고 진나라는 멸
망하였으며, 수나라가 중국 천하를 통일하게 되었다.

심화 이해 및 응용

중국과 한국 그리고 일본은 서로 강과 해협을 끼고
있다. 때문에 한중일 삼국 사이를 표현할 때 자주 일의
대수라는 말을 쓴다. 예컨대 이덕무가 원현천에게 주는
시에 '귀한 손님 표연히 압록강을 건너오니, 중국과는
일의대수라 배도 필요없다네.' 라고 하였고, 김기수가 쓴
〈조선국 수신사 김공에게 봉정함〉이라는 시에서 '사해
(四海) 안은 모두가 형제요, 만방도 또한 평등하다네. 하
물며 같은 글을 쓰는 나라에서 누가 그 서로를 구별하
겠는가? 계림(鷄林, 원래 경주를 뜻하나 우리나라를 통칭하
는 말로도 쓴다.)과 대마도 사이는 일의대수인데, 거기에
화륜선이 왕래하게 되니, 안개 낀 바닷길은 한결 가까
워졌도다.' 라고 표현한 것을 통해서도 확인할 수 있다.

용례 중국과 한국의 국경 사이에는 압록강이 흐르고 있어서 일의대수 사이와 같다.

점입가경(漸入佳境)

경치나 문장 또는 어떤 일의 상황이 점점 갈수록 재미있게 전개된다는 뜻.

漸(점차 점) 入(들 입) 佳(아름다울 가) 境(지경 경)

 유래

《진서》〈고개지전〉에서 유래되었다. 고개지(顧愷之 344~406)는 동진 시대의 사람으로 자가 장강이고 그림에 능했으며 박학다식했다. 게다가 그는 거침없는 언행으로 세인들의 주목을 끌었다. 그는 평소 사탕수수를 즐겨 먹었는데 늘 사탕수수의 가느다란 줄기 부분부터 먼저 씹어먹었다. 이를 이상하게 여긴 주변 사람들이 왜 사탕수수를 거꾸로 먹냐고 물었다. 이에 고개지는 태연하게 '갈수록 점점 단맛이 나기 때문에 점입가경이다.'라고 대답했다. 이때부터 '점입가경'은 경치나 문장 또는 어떤 일의 상황이 갈수록 재미있게 전개되는 것을 뜻하게 되었다고 한다. 줄여서 자경(蔗境) 또는 가경(佳境)이라고도 한다.

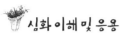 심화 이해 및 응용

고개지는 그림에 능하고 선천적으로 재주가 좋은 반면에 가끔씩 남들이 이해하기 어려운 행동을 했다. 예컨대 남경 와관사 창건 때에 현지의 승려들이 헌금을 걷었다. 그러나 현지인들이 가난하여 뜻대로 모금이 되지 않았다. 그러던 어느 날, 고개지가 불쑥 나타나서 절이 완공되면 백만 전을 헌금할 생각이니 알려 달라고 하고 떠났다. 마침내 절이 완공되자 고개지는 불당 벽에 유마힐 거사 그림을 그려 주었다. 이 그림은 매우 정교할 뿐만 아니라 실제 인물이 살아 있는 것 같아서 구경하러 오는 자들이 인산인해를 이루었다. 또한 이들이 그림을 보고 절에 보시한 금액이 백만 전을 넘었다고 한다. 그의 저서로 《계몽기》와 문집이 전해진다.

용례 박사호의 〈연계기정〉이란 글에 '대개, 심양에서부
터 동북쪽으로 오랄선창에 이르기까지 그 사이가 수천 리
나 된다. 봉황성은 거마가 빈번히 다니는 도회지로서 성곽,
누대, 상점, 거리의 번성함이 사람으로 하여금 마음과 눈이
부시게 하여 일일이 살펴볼 겨를이 없다. 옆의 사람이 날
더러 웃으면서 요동, 심양, 산해관, 황성이 날로 점입가경
이요 갈수록 더욱 훌륭한데, 지금 갓 들어온 변성(邊城)을
보고 어찌 이렇게 감탄하느냐고 하니, 그렇다면 앞길의 장
관은 미루어 알 만하다.' 라고 하였다.

주마간산(走馬看山)

말을 타고 달리면서 산을 바라본다는 뜻으로, 바빠서 자세히 살펴보지 않고 대강 보고 지나감을 이름. 수박 겉핥기.

한자풀이

走(달릴 주) 馬(말 마) 看(볼 간) 山(메 산)

 유래

중국 중당 시기의 시인 맹교가 지은 〈등과후〉에서 유래하였다. 맹교는 관직에 나아가지 않고 시를 지으면서 청렴하게 살던 중, 어머니의 뜻에 못 이겨 41살의 늦은 나이에 과거에 응시하였다. 하지만 자신의 뜻과 달리 번번이 낙방하고 수모와 냉대만 받다가, 5년 뒤인 46살에야 겨우 급제하였다. 〈등과후〉는 맹교가 급제하고 난 뒤에 한 술좌석에서 다음과 같이 읊은 것이다. '지난날 궁색할 때는 자랑할 것 없더니, 오늘 아침에는 우쭐하여 생각에 거칠 것이 없어라. 봄바람에 뜻을 얻어 세차

게 말을 모니, 하루 만에 장안의 꽃을 다 보았네.'

심화 이해 및 응용

위 시에서 살펴볼 수 있듯이 맹교는 보잘것없을 때와
과거에 합격했을 때의 세상 인심이 다름을 풍자하면서
일이 바빠 '달리는 말 위에서 장안의 꽃을 다 보았다.'
는 주마간화(走馬看花)로 표현했다. 여기서 주마간화는
단순히 '말을 타고 가면서 꽃구경을 했다.' 는 것이 아니
라, 하루 만에 장안의 좋은 것을 모두 맛보았다는 은유
적 표현이다. 또 한편으로 세상 인심의 각박함을 비웃
는 시인의 호탕함도 잘 나타나 있다. 그러나 후대에 와
서 '말을 타고 달리면서 산을 바라본다.' 는 뜻인 주마간
산으로 바뀌어, 일이 몹시 바빠서 이것저것 자세히 살
펴볼 틈도 없이 대강대강 훑어보고 지나침을 비유하게
되었다.

> **용례** 차와 비행기만 타고 주마간산 식으로 떠나는 여행
> 은 진정한 여행이라 할 수 없다.

무릉도원(武陵桃源)

무릉에 있는 복숭아 숲의 근원이라는 뜻으로 속세와 완전히 동떨어진 별천지를 일컫는 말.

유의어

■ 호중천지(壺中天地) : 별천지나 선경을 뜻하는데, 한나라의 선인인 호공이 하나의 항아리를 집으로 삼고 술을 즐기며 세속을 잊었다는 데서 유래됨.

한자풀이

武(굳셀 무) 陵(언덕 릉) 桃(복숭아 도) 源(근원 원)
壺(병, 항아리 호) 中(가운데 중) 天(하늘 천) 地(땅 지)

 유래

도연명의 〈도화원기〉에 나오는데 그 내용은 다음과 같다.

진나라 태원 때 무릉에 한 어부가 살고 있었다. 어느

날 그 어부는 계곡의 냇물을 따라 배를 저어 갔는데 얼마나 멀리 왔는지 길을 잃어버렸다. 그래서 길을 찾아 헤매는데 홀연히 계곡 양쪽 언덕에 수백 보나 되는 복숭아 숲이 펼쳐져 있었다. 숲 속에는 잡목이 전혀 없고 향기로운 풀들이 가득하며, 복사꽃 꽃잎이 하늘하늘 춤추며 파란 풀밭에 내려앉아 있어서, 어부는 매우 이상히 여겼다. 다시 앞으로 배를 저어서 그 숲의 끝까지 가보려고 했다.

수원(水源) 근처에서 복숭아 숲은 끝나고 산과 마주쳤다. 그 산에는 조그만 굴이 있었는데 희미한 빛이 있어, 배에서 내려 굴 속으로 들어갔다. 굴 입구는 너무 협소해서 한 사람이 겨우 들어갈 정도였으나 수십 보를 가니 확 트였다. 토지가 펼쳐져 있고 집들이 정연하게 늘어서 있었다. 좋은 사냥터, 아름다운 연못, 뽕나무, 대나무 등이 있고, 밭의 길이 사방으로 나 있고, 닭과 개의 울음소리가 들려왔다. 그리고 오가며 씨를 뿌리는 남녀는 모두 이색적인 복장을 하였고, 노인과 어린이들도 모두가 즐거워 보였다. 서서 구경하고 있는 어부를 본 사람은 크게 놀라서 어디서 왔느냐고 물었고, 어부는 자세히 대답했다. 곧 그는 어부를 자기 집으로 청하여 주안상을 차리고 닭을 잡아서 음식을 마련했다. 마을 사람들은 어부가 왔다는 소식을 듣고 모두가 와서 이렇게 캐물었다.

"우리의 조상은 진나라 때 난리를 피해 처자식과 마을 사람들을 거느리고 이곳으로 온 이래 한 번도 여기서 나가지 않아 외부 사람들과 내왕이 끊기고 말았습니다. 지금 바깥 세상은 어떻습니까?"

라고 물었다. 그들은 진나라가 망하고 한나라임을 알지 못하니 위(魏)·진(晉)은 말할 것도 없었다. 어부는 하나하나 그들을 위해서 들은 바를 자세히 말해 주니, 모두가 탄식하고 놀랐다. 다른 사람들도 모두 자신의 집으로 오기를 청해 술과 음식을 내놓았다. 며칠 잘 묵고 인사를 하고 떠났다. 마을 사람들은 어부에게 말했다.

"외부 사람들에게 이곳에 대해 말하지 마십시오."

배를 두었던 곳으로 나와 전에 왔던 길을 되짚어가면서 여기저기에 표시를 남겨 두었다. 군청 소재지에 도착하여 어부는 태수를 찾아가 자기가 겪은 이야기를 했다. 이를 들은 태수가 사람을 시켜 어부가 갔던 길을 따라 이전에 표시한 것을 찾게 하였으나, 끝내 표시해 두었던 것이 없어져 길을 찾을 수가 없었다.

심화이해및응용

조선조의 문인인 장유의 〈산촌의 인가〉란 시에 구태여 멀리서 무릉도원을 찾지 말고 가까운 산촌이 바로 무릉도원이라면서 다음과 같이 묘사하고 있다. '온통 산 속이라 길 없을 줄 알았는데, 시내 따라 돌아드니 홀연히 마을 나타나네. 소나무며 대숲으로 둘러싸인 초가집들, 사립문 앞에까지 탐스럽게 영근 곡식. 가을 햇빛 가지 끝에 찬란히 부서지고, 맑은 서리 돌뿌리에 차갑게 엉겨 있네. 세상 피해 살 만한 곳 여기 있나니, 구태여 무릉도원 찾을 것 뭐 있겠나?'

용례 지리산 청학동은 한국의 무릉도원으로 알려진 명승지로 유명하다.

천고마비(天高馬肥)

하늘은 높고 말이 살찐다는 뜻으로, 오곡백과가 무르익는 가을이 썩 좋은 절기임을 일컫는 말이다. 그러나 원래는 옛날 중국에서 흉노족의 침입을 경계하고자 나온 말이다.

유의어

- 등화가친(燈火可親) : 가을밤은 서늘하여 등불 밑에서 책 읽기에 좋음을 일컫는 말. 쾌청한 가을을 의미함.
- 중추절(中秋節) : 추석.
- 청풍명월(淸風明月) : 맑은 바람과 밝은 달.
- 화조월석(花朝月夕) : 꽃피는 아침과 달 밝은 저녁이라는 뜻으로 봄·가을 등 좋은 계절을 이르는 말.
- 만산홍엽(滿山紅葉) : 단풍이 들어 온 산의 나뭇잎이 붉게 물들어 있는 가을의 정경.

유래

두보의 조부인 두심언이 쓴 시에서 유래되었다. 즉,
'구름은 여리고 요사한 별은 흩날리는데, 가을 하늘 드
높고 변방의 말은 살찌도다. 말안장에 올라앉아 웅검을
휘두르며, 붓을 휘둘러 승전보를 전해다오.'

심화 이해 및 응용

중국은 역대로 북방 유목민들에게 침략을 당했다. 특
히 은나라 초기부터 중국 서북방에서 일어난 흉노는
주·진·한의 3왕조를 거쳐 육조(六朝)에 이르는 근
2,000년 동안 북방 변방의 농경지대를 끊임없이 침범해
왔던 유목 민족이었다. 그래서 고대 중국의 군주들은
흉노의 침입을 막기 위해 늘 고심했는데 전국 시대에는

연·조·진나라의 북방 변경에 성벽을 쌓았고, 천하를 통일한 진시황은 기존의 성벽을 수축하는 한편, 증축 연결하여 만리장성을 연결하기도 했다. 그러나 흉노의 침입은 끊이지 않았다. 북방의 초원에서 방목과 수렵으로 살아가는 흉노에게는 우선 초원이 얼어붙는 긴 겨울에 살아가야 할 양식이 필요했기 때문이다. 그래서 북방 변경의 중국인들은 '하늘이 높고, 말이 살찌는' 가을만 되면 언제 흉노가 쳐들어올지 몰라 전전긍긍했다고 한다. 이런 정황은 흉노의 침략을 막기 위해 북방으로 떠나는 소미도를 위해 두심언이 시를 쓴 것이다. 그러나 오늘날에 천고마비는 풍요롭고 평화로운 가을의 정경을 비유하는 말로 쓰이고 있다.

용례 가을은 천고마비의 계절답게 식욕도 왕성해져 자칫 과식하기 쉽다.

춘래불사춘(春來不似春)

봄이 와도 봄 같지 않다는 뜻으로 계절은 봄이지만 정작 마음속에는 봄이 오지 않았다는 안타까운 심정으로 표현한 것임.

유의어

■ 백화난만(百花爛漫) : 온갖 꽃이 아름답게 활짝 핀 정경.

한자풀이

春(봄 춘) 來(올 래) 不(아니 불) 似(같을 사)

 유래

당나라 때의 시인 동방규가 흉노의 왕 호한야에게 시 집간 왕소군을 생각하며 지은 시에 '오랑캐 땅에 꽃과 풀이 없으니, 봄이 와도 봄 같지 않구나. 자연히 옷 띠가 느슨해지니, 이는 허리 몸매 위함이 아니었도다.' 라고 한데서 유래되었다. 이 시는 왕소군이 흉노 땅에 도착한 후 황량한 풍토에서 맞는 상심과 망향의 슬픔으로 나날이 수척해 가는 가련한 모습을 묘사한 것이다.

🪴 심화 이해 및 응용

전한의 원조 때에 흉노의 왕은 한 왕실과 정략적인 결혼을 요구하였다. 이에 왕은 걸핏하면 국경을 침범하는 흉노족을 달래기 위해 궁녀 중에 한 사람을 선택하여 왕녀라 속이고 보내 주기로 했다. 그런데 원제는 여색을 밝혀서 어여쁜 궁녀를 보내기가 싫었다. 그리하여 원제는 궁중화가 모연수가 그린 궁녀들의 초상화 중에서 가장 못생긴 궁녀를 선택하여 흉노에 보내기로 생각했다.

당시 궁녀들은 평소에 황제의 사랑을 받기 위해 다투어 모연수에게 뇌물을 바치며 제 얼굴을 예쁘게 그려 달라고 청탁했었다. 그러나 자신의 미모에 자신만만했던 왕소군은 모연수를 찾지 않았다. 이를 괘씸하게 여긴 모연수는 왕소군을 가장 못나게 그려 바치고 말았다. 결국 원제는 초상화만을 보고 가장 못나게 그려진 왕소군을 오랑캐 땅으로 보내기로 결정하였다. 나중에 왕소군의 실물을 본 원제는 땅을 치고 후회했으나 이미 때가 늦었다. 이 때문에 왕은 물론이고 역대 시인들도 이 사건을 안타깝게 여기고 왕소군에 관해 많은 동정의 시를 남겼다. 이백도 〈소군원〉이라는 시에서 '소군이 옥 안장을 떨치며, 말을 타니 붉은 뺨에 눈물이 흘러내리네. 오늘은 한나라 궁녀였지만 내일 아침 오랑캐의 첩이 되는구나.'라고 하여 한나라 궁을 떠나 흉노의 땅으로 출발하는 왕소군의 비애와 정경을 애닯아 했다.

오늘날에 '춘래불사춘'은 비단 불우한 미인을 묘사하는 것뿐만 아니라 국가 · 사업 등의 방면에서 상호 간에 화해할 때나 성업할 분위기가 조성되었지만 그렇지 못할 때를 비유하여 쓴다.

용례 한 · 일 수교 40주년을 맞이했지만 일본의 교과서 왜곡 문제로 양국은 여전히 춘래불사춘의 관계가 되었다.

제11장
세월과 역사

동호지필(董狐之筆)

동호의 직필이라는 뜻으로 정직한 기록을 일컫는 말. 곧 권세에 굴복하지 않고 사실을 그대로 적어서 역사에 남기는 일.

유의어

- 춘추필법(春秋筆法) : 대의명분을 밝혀 역사를 바로 세우는 필법.
- 태사지간(太史之簡) : 춘추 시대, 제나라의 최저가 그의 임금 장공을 시해하자, 태사가 죽음을 무릅쓰고 이 사실을 역사책에 거짓 없이 사실대로 기술함을 이르는 말.

한자풀이

董(감독할, 성씨 동) 狐(여우 호) 筆(붓 필) 春(봄 춘) 秋(가을 추) 筆(붓 필) 法(법 법) 太(클 태) 史(역사 사) 簡(대쪽, 책 간)

유래

《춘추좌씨전》 선공 이년(宣公 二年)에 등장하는 이야기이다. 즉, 춘추 시대에 진나라의 대신인 조천이 무도한 군주인 영공을 시해했다. 당시 재상인 조순은 평소 영공이 자신을 죽이려고 자객을 보내는 등 목숨의 위협을 받았기 때문에 망명길에 올랐으나 국경을 넘기 직전에 이 소식을 듣고 도읍으로 돌아왔다. 그러자 사관인 동호가 공식 기록에 이렇게 적었다.

'조순, 그 군주를 시해하다.'

조순이 이 기록을 보고 항의하자 동고가 말했다.

"물론, 재상이 직접적으로 영공을 시해하지는 않았습니다. 그러나 재상이 당시 국내에 있었고, 또 도읍으로 돌아와서도 범인을 처벌하거나 처벌하려 하지도 않았습니다. 그래서 재상은 대외적으로 시해자를 뒤에서 사주했거나 동조자가 되는 것입니다."

조순은 그의 말에도 일리가 있다고 생각하고 그대로 죄를 뒤집어쓰고 말았다. 훗날 공자는 이 일에 대해 이렇게 말했다.

"동호는 훌륭한 사관이었다. 법을 지켜 올곧게 직필

했다. 조순도 훌륭한 대신이었다. 법을 바로잡기 위해 오명을 감수했다. 유감스러운 일이다. 국경을 넘어 외국에 있었더라면 책임은 면했을 텐데……"

동호직필이란, 이와 같이 권세에 아부하거나 두려워하지 않고 원칙에 따라 사실을 사실대로 기록하는 것을 가리킨다. 줄여서 '직필'이라고도 쓴다.

🪴 심화 이해 및 응용

동호직필은 바로 춘추필법을 의미하기도 한다. 춘추필법이란 공자가 대의명분을 좇아 객관적인 사실에 입각하여 준엄하게 역사를 기록한 《춘추》의 정신을 기리는 논법을 일컫는 말이다. 《춘추》는 중국 고대의 사서(史書)로 춘추 시대 공자가 노나라 242년간의 사적에 대하여 간결한 사실을 적고, 선악을 논하고 대의명분을 밝혀 그것으로써 천하 후세의 존왕의 길을 가르쳐 천하의 질서를 유지하려 한 것으로 전해진다. 주요한 표현법이 사건을 기록하는 기사(記事), 직분을 바로잡는 정명(正名), 칭찬과 비난을 엄격히 하는 포폄(褒貶)의 원칙을 세워 여기에 어긋나는 것은 철저히 배격했으며, 오직 객관적인 사실에 입각하여 자신의 판단에 따라 집필하였다.

특히 선왕의 업적을 평가할 때에도 이 원칙은 예외 없이 지켜졌다. 이 춘추필법은 역대 사관이나 오늘날의 언론매체 등에 종사하는 사람들이 추구하는 논법을 뜻하기도 한다. 때문에 방송사와 신문사 등의 편집실에는 춘추필법으로 사회 정의를 구현하자는 글들이 많이 걸려 있다.

용례 청와대의 춘추관은 기자실로, 춘추필법을 구현하는 장소라는 뜻에서 명명된 것이다.

맥수지탄(麥秀之歎)

보리 이삭이 무성함을 탄식한다는 뜻. 곧 고국이 멸망한 탄식.

- 은감불원(殷鑑不遠) : 은나라 왕이 거울로 삼아야 할 멸망의 선례는 먼데 있지 않다는 뜻으로 남의 실패를 자신의 거울로 삼음.
- 주지육림(酒池肉林) : 술은 연못과 같고, 고기는 숲과 같이 많이 있음. '질탕하게 마시고 놂'을 이르는 말.
- 포락지형(炮烙之刑) : 불에 달군 쇠로 단근질하는 형벌. 은나라 주왕이 구리 기둥에 기름을 발라 숯불에 걸쳐 달군 후 그 위로 죄인을 맨발로 건너가게 했는데, 건너다가 미끄러져 불에 떨어져 죽게 했다는 잔혹한 형벌.

유래

은나라의 현인인 기자가 망명지에서 주나라 무왕의 부름을 받고 도읍으로 가던 도중 은나라의 옛 도읍지를 지나게 되었다. 그런데 번화하던 옛 모습은 간데 없고 궁궐터엔 보리와 기장만이 무성했다. 이에 기자는 옛일을 생각하면서 다음과 같은 시 한 수를 읊었다.

'보리 이삭[麥秀]은 무럭무럭 자라나고, 벼와 기장도 윤기가 흐르는구나! 저 교활하고 철부지였던 주나라 임금은 내 말을 듣지 않고 망했으니 슬프구나!'

심화 이해 및 응용

중국 고대 왕조의 하나인 은나라 주왕은 원래 지략과 용기를 겸비한 어진 임금이었으나 점차 폭군이 되어갔다. 그 까닭은 유소씨국에서 공물로 보내온 달기라는 희대의 미녀에 빠져 밤낮으로 음주와 가무 등으로 음란한 생활을 보냈기 때문이다. 오죽하면 술로 연못을 만들고, 그 속에 배를 띄워 술을 떠 마시며 주변 언덕에 고기를 산처럼 쌓아놓고 나뭇가지에는 육포를 걸어두고 따 먹는 등 밤낮으로 음탕한 짓을 서슴없이 자행했다.

이렇게 주왕이 폭정을 일삼자 이를 지성으로 말린 신하 중 세 사람의 어진 왕족이 있었다. 이들은 미자·기자·비간이었다. 그 중에 미자는 주왕의 형으로서 여러 차례 간했으나 듣지 않자 국외로 망명했고, 숙부인 기자도 신분을 감추고 망명하였는데, 어떤 때는 거짓 미치광이가 되고 또 노예로까지 전락하기도 하는 수모를 당했다. 또한 왕자 비간은 끝까지 간하다가 결국 가슴을 찢기는 극형을 당하고 말았다. 그럼에도 불구하고 주왕은 후회하지 않고 자신의 말을 듣지 않고 충언을 하는 사람들을 처형하기 위해서 구리 기둥에 기름을 발라 숯불에 걸쳐 달군 후, 그 위로 죄인을 맨발로 건너가게 해 미끄러져 불에 떨어져 죽게 했다. 이런 잔혹한 형벌을 보고 주왕과 달기는 깔깔대며 즐거워했다.

또한 주왕을 보좌했던 세 제후의 한 사람이었던 서백도, 600여 년 전에 은왕조의 시조인 탕왕에게 주벌당한 하왕조의 폭군 걸왕을 거울삼아 그 같은 멸망의 전철을 밟지 말라고 간하다가 화를 당했다. 이에 그의 아들 발은 주왕을 시해하였고, 천하는 주왕조로 바뀌게 되었다. 주나라의 시조가 된 무왕 발은 은왕조의 제사를 지내기 위해 미자를 송왕으로 봉했다. 그리고 기자도 무왕을 보좌하도록 하고 조선왕(朝鮮王)으로 책봉하였다.

용례 길재는 망해버린 고려 왕조에 대한 맥수지탄이 담긴 시조를 남겼다.

백년하청(百年河淸)

황하의 물이 맑기를 무작정 기다린다는 뜻으로 아무리 바라고 기다려도 소용이 없음을 일컫는 말.

유의어

■ 광일미구(曠日彌久) : 오랫동안 쓸데없이 세월만 보낸다는 뜻. 전국 시대, 조나라가 연나라의 공격을 받게 되자 조나라는 제나라에게 3개 성읍을 주는 조건으로 제나라의 명장인 전단을 파견해 달라고 요청했다. 그러나 전단은 조나라를 위해 연나라와 치열한 전투를 치르지 않고 마냥 세월을 보내면서 장기전으로 병력만 소모했다.

한자풀이

百(일백 백) 年(해 년) 河(강 하) 淸(맑을 청) 曠(밝을 광) 日(해 일) 彌(두루 미) 久(오랠 구)

유래

　초나라 공자 낭이 정나라를 쳐서 정나라가 채나라를 친 일을 응징했다. 정나라의 공자 사와 국과 이는 초나라에 복종하려 했고, 공자 공과 교와 전은 진나라가 구원해 주기를 기다리려 했다. 그러자 공자 사가 말했다.

　"주나라 시에 '황하의 흐린 물이 맑아지기를 기다리고 있자면, 사람의 수명으로 어찌 기다릴 수 있겠는가? 일의 조짐에 대해 말하는 사람이 많으면 자기 주장으로 중구난방이 되네. 또 꾀를 내는 사람이 많고 다른 의견을 내는 사람이 많으면 일은 되어지지 않네.' 라고 했소. 지금 백성들이 위급하니 일단 초나라에게 복종해서 백성들의 곤경을 늦추어 주고, 뒤에 진나라 군사가 오면 그때에는 진나라에 복종합시다. 공손히 예물을 갖추어 쳐들어오는 자를 기다리는 것이 작은 나라가 취할 길이오. 그러니 맹세하는데 쓰는 희생과 예물로 바칠 옥백을 가지고서 두 군데의 국경에서 기다렸다가 강한 나라에 붙는 것이 백성을 보호하는 것이오. 쳐들어오는 적이 우리에게 해를 끼치지 않고 백성들이 괴로움을 당하지 않으면 또한 좋지 않겠소."

심화 이해 및 응용

황하는 중국의 서북 고원인 청해성에서 발원하여 장장 5천 5백 킬로미터나 흘러 발해만으로 흘러간다. 즉, 우리나라 서해로 유입되는데, 중간에 황토 고원을 통과하기 때문에 매년 평균 90억 톤의 물 가운데 약 16억 톤의 토사를 실어 나른다고 한다. 때문에 물 반 황토 반이라는 말이 나올 정도이다. 또 그 영향은 중국뿐만 아니라 우리나라까지 미쳐서 우리의 서해안에 갯벌도 기실 황하가 날라 준 산물이다. 그래서 옛사람들은 황하가 맑기를 기다리는 것은 한이 없어 사람의 한정된 목숨으로는 어림도 없다며, 백년도 못 사는 인간이 황하의 물이 맑기를 기다린다는 것은 부질없는 짓으로 여겼다. 때문에 백년하청은 아무리 기다려도 가능성이 보이지 않을 때에 비유하는 말로 쓰인다.

용례 상류와 지천의 물을 철저하게 관리하지 않는 한강의 수질 개선은 백년하청이다.

상전벽해(桑田碧海)

뽕나무밭이 푸른 바다가 되었다는 뜻으로, 세상이 몰라볼 정도로 바뀐 것. 세상의 모든 일이 엄청나게 변해버린 것. 상해지변(桑海之變) 혹은 창해상전(滄海桑田)이라고도 함.

유의어

■ 격세지감(隔世之感) : 아주 바뀌어 딴 세상 같은 느낌.

한자풀이

桑(뽕나무 상) 田(밭 전) 碧(푸를 벽) 海(바다 해)
隔(사이 격) 世(대 세) 之(갈 지) 感(느낄 감)

 유래

마고가 선인 왕방평에게 일러 말하기를,

"뵈온 지가 벌서 5백 년이나 지났군요. 이전에 동해가 세 번 뽕나무밭으로 변하는 것을 보았는데 이번에 봉래에 이르니 물이 곧 갈 때보다 얕아져 대략 반쯤이었습니다. 다시 언덕이 되려는 것입니까?"

왕방평이 말하였다.

"동해가 다시 흙먼지를 일으킬 뿐이다."

심화 이해 및 응용

이정지의 〈대비백두옹〉이란 시에도 상전벽해를 다음과 같이 묘사하고 있다. '낙양성 동쪽의 복숭아꽃 오얏꽃은, 이리저리 날아서 뉘 집에 지는가. 낙양의 어린 소녀 고운 얼굴이 아까워, 지는 꽃 바라보며 길게 한숨짓는다. 올해 꽃이 지면 그 얼굴에 나이를 먹어, 내년에 피는 꽃은 누가 보려나. 이미 송백나무 부러져 땔나무되는 것을 보았고, 다시 뽕나무밭이 변하여 푸른 바다가 되는 것을 듣겠네.'

용례 그는 불과 10년 동안에 불모지를 숲으로 바꾸는 상전벽해의 신화를 만들어냈다.

세월부대인(歲月不待人)

세월은 사람을 기다려 주지 않는다는 뜻으로, 세월은 한 번 지나가면 다시 돌아오지 않으니 시간을 소중하게 아껴 쓰라는 뜻.

유의어

- 성년부중래(盛年不重來) : 젊은 시절은 거듭 오지 않는다.
- 일각천금(一刻千金) : 극히 짧은 시각도 천금처럼 아깝고 귀중함.
- 일일난재신(一日難再晨) : 하루에 아침을 두 번 맞지 못한다.

한자풀이

歲(해 세) 月(달 월) 待(기다릴 대) 人(사람 인) 盛(담을 성)
年(해 년) 重(무거울 중) 來(올 래) 刻(새길, 시각 각)
千(일천 천) 金(쇠 금) 日(해 일) 難(어려울 난) 再(두 재)
晨(새벽 신)

유래

　도연명의 〈잡시〉에 나오는 말이며, 시의 내용은 다음과 같다. '인생은 뿌리 없이 떠다니는 것, 밭두렁의 먼 시처럼 표연하다네. 바람 따라 흐트러져 구르는 인간은 원래 무상한 몸. 땅에 태어난 모두가 형제이니, 어찌 반드시 골육만이 육친인가? 기쁨 얻거든 마땅히 즐겨야 하며, 한 말 술 이웃과 함께 모여 마셔라! 젊은 시절은 거듭 오지 않으며 하루에 아침 두 번 맞지 못한다. 때를 놓치지 말고 부지런히 일해라! 세월은 사람을 기다려 주지 않는다.'

심화 이해 및 응용

　도연명은 진나라 때의 시인으로, 그가 살던 때는 동진의 왕실이나 사족들의 세력이 약화되고 차츰 신흥 군벌들이 대두하여 서로 각축하던 때였다. 그 당시 도연명의 집안은 몰락한 보수적인 문인 계층에 속했다. 그는 신흥 군벌들과 어울릴 수 없어 부득이 관직을 떠난다. 그는 〈귀거래사〉를 쓰고 전원으로 들어가 몸소 농사를 지었으며, 때때로 술에 취해 풍류를 즐겼다. 그의

〈잡시〉 또한 이러한 그의 마음이 잘 담겨져 있다. 이 시에는 세월부대인 이외에 '일일난재신', '성년부중래' 등의 성어가 유래하며, 특히 이 고사들은 《명심보감》 등의 책에도 실려 학문을 게을리하지 말라는 말로도 널리 인용되고 있다.

> **용례**　세월은 사람을 기다려 주지 않으니[歲月不待人], 지금부터라도 열심히 노력해야 한다.

송구영신(送舊迎新)

묵은 해를 보내고 새해를 맞는다는 뜻과, 구관을 보내고 신관을 맞이한다는 뜻. 송고영신(送故迎新), 송왕영래(送往迎來)라고도 함.

한자풀이

送(보낼 송) 舊(옛 구) 迎(맞을 영) 新(새 신)

 유래

왕가는 서한 시대 평릉(平陵, 지금의 섬서성 함양 서북쪽) 사람으로, 태어나면서부터 성격이 강직하고 아부를 몰랐으며 할 말은 과감하게 하는 사람이었다. 전한의 12대 황제인 애제는 스물두 살 난 동현을 대사마란 큰 벼슬에 임명하는 등 정치와 사람 쓰는 일에 서툴렀다. 20세에 즉위하여 26세에 죽은 애제는 정치를 외척에게 맡겨 놓다시피 하고 자신은 방종한 생활을 즐겼다.

기원전 4년, 한나라 애제 유흔은 왕가를 재상으로 임명하였다. 왕가는 항상 애제의 마음에 드는 의견을 제시하며 쓸 만한 인재를 추천하였기 때문에, 애제는 그를 무척 신임하였다. 왕가의 상소문 가운데 다음과 같은 구절이 있다.

'효문제 때에는 관직을 대대로 맡았는데, 관직명을 성씨로 삼곤 하였습니다. 창씨, 고씨는 곧 창고 일을 맡아보던 관리의 후손입니다. …… 관리가 혹 수개월만 직책에 있다가 물러나도 구관을 보내고 신관을 맞이하느라 서로 뒤섞여 도로가 혼잡하였습니다.' 이 글에서 송고영신은 구관을 보내고 신관을 맞이한다는 뜻으로 쓰였다.

한편, 당나라 말기로부터 송나라 초기에 걸쳐 산 대학자이자 시인인 서현은 그의 시 제야에서 이렇게 읊었다. '찬 겨울 밤 등불은 깜빡이고 시간은 더디 가건만, 옛것을 보내고 새것을 맞는 일은 어김이 없구나.' 여기서의 송고영신은 옛것을 보내고 새것을 맞이한다는 뜻으로 쓰였다.

유형원의 《반계수록》에 이르기를 '인부와 말을 다만 도(道)의 경계까지만 배웅하게 하고 도의 경계 밖은 관역(館驛)에서 다음 지역으로 보낸다.'고 하였으니, 이 의도는 백성을 후하게 함에 한 가지 일이요, 또 배웅하는 아전들로 하여금 지체하면서 비용을 낭비하는 걱정이 없게 하는 것이라고 하였는데, 이는 '구임자를 보내고 신임자를 맞는다.'는 뜻이다. 오늘날의 송고영신은 '옛것을 보내고 새것을 맞이한다.'는 뜻으로도 쓰인다.

용례 '제야의 타종'은 송구영신의 대표적인 행사 중 하나이다.

온고지신(溫故知新)

옛것을 알면서 새것도 안다는 뜻.

한자풀이

溫(익힐 온) 故(옛 고) 知(알 지) 新(새 신)

유래

《논어》〈위정편〉에 공자께서 말씀하시기를 '온고이지신(溫故而知新)이면 가이위사의(可以爲師矣)니라.' 고 하였는데, 이는 '옛것을 복습하여 새것을 아는 이라면 남의 스승이 될 만하다.' 라는 뜻이다. 즉 '온고' 란 옛것을 읽고 그 참된 뜻을 찾고 반복하여 익힌다는 것이며, '지신' 은 새로운 학문을 안다는 것이다. 다시 말하면 온고지신이란 옛 학문을 되풀이하여 연구하고, 현실을 처리할 수 있는 새로운 학문을 이해하여야 비로소 남의 스승이 될 자격이 있다는 말이다.

조선조에는 임금 앞에 나가서 경서를 강의하고 논하는 자리를 마련했는데, 이를 경연이라고 한다. 선조 때, 기대승은 경연에서 '성현의 글은 얼핏 읽으면 상세히 이해할 수 없으니, 반드시 깊게 생각하여 읽어서 한 번 읽고 두 번 읽고 하여 백 번에 이른 뒤에야 그 뜻이 저절로 나타나는 것이다. 이것이 이른바 온고지신이다.' 라고 설명했다.

용례 우리 학교 교무실에는 '온고지신'과 '교학상장'의 글이 걸려 있어서 선생님의 투철한 교육 정신을 엿볼 수 있다.

제12장
언어와 문예

가담항어(街談巷語)

항간의 뜬소문이라는 뜻으로, 저잣거리나 여염집에 떠도는 소문. 가설항담(街說巷談) · 가담항의(街談巷議) 라고도 함.

유의어

- 도청도설(道聽塗說) : 길에서 얻어듣고 이를 이내 길에서 옮겨 말함. '천박한 사람은 좋은 말을 듣고도 이를 깊이 간직하지 못함'을 비유.

한자풀이

街(거리 가) 談(말씀 담) 巷(거리 항) 語(말씀 어) 道(길 도) 聽(들을 청) 塗(진흙 도) 說(말씀 설)

 유래

후한 초기의 역사가인 반고가 《한서》〈예문지〉에서 소설의 유래를 설명하는 과정에서 인용되었다. 즉, 그는 '소설은 패관으로부터 나왔으며 가담항설과 도청도

설로 만들어졌다.'고 했다. 여기서 가담항설과 도청도설은 모두 저잣거리나 여염집 등 항간의 뜬소문으로 이를 임금이 민간의 풍속이나 정사를 살피려고 하급관리인 패관에게 기록하여 소설이 되었다는 것이다.

심화 이해 및 응용

패관은 한나라 때 민간에 떠도는 이야기를 기록하여 정리해 상부에 보고하는 일을 담당한 벼슬아치이다. 가담항설이나 도청도설을 모아 만들어진 소설은, 패관들이 항간의 소문을 주제로 하여 자기 나름의 창의와 윤색을 덧붙여 설화문학 형태로 썼고, 이를 패관문학이라고도 한다. 오늘날에 소설은 문학의 주요 장르로 인정을 받고 있지만 과거에는 그리 중시하지 않았다. 때문에 선비나 군자들이 소설을 다루는 것을 꺼려했다. 이는 《논어》의 〈자장편〉에 문학 방면에 뛰어난 자하가 '비록 사소한 기술이라 하더라도 반드시 볼 만한 것이 있지만 원대한 뜻을 이루는 데에 막힐까 두려워 군자는 배우지 않는다.' 라고 한 점에서 살펴볼 수 있다.

용 례 노신은 《중국소설사략》에서 중국소설의 시작을, 패관에 의해 채집된 비 창작적인 가담항어에서보다는 타민족들과 마찬가지로 신화와 전설에서 비롯되었다고 주장했다.

구화지문(口禍之門)

입은 재앙의 문이 된다는 뜻으로, 재앙이 입으로부터 나오고 입으로부터 들어가기 때문에 입을 조심하라는 말.

한자풀이

口(입 구) 禍(재앙 화) 之(갈, 어조사 지) 門(문 문)

 유래

《전당서》〈설시편〉에 다음과 같은 풍도의 글이 실려 있다. '입은 곧 재앙의 문이요, 혀는 곧 몸을 자르는 칼이다. 입을 닫고 혀를 깊이 감추면 처신하는 곳마다 몸이 편하다.' 라고 하였는데, '구화지문' 은 여기서 나온 말이다.

심화이해및응용

풍도는 당나라 말기에 태어났으나 당나라가 망한 뒤 후당 때에 재상을 지냈다. 후당 이래 후진·후한·후주 등 왕조가 계속 흥망성쇠를 했지만 그때마다 기회를 놓치지 않고 자신의 벼슬자리를 유지했다. 그 비결은 함부로 말을 하지 않았기 때문이라 한다. 이처럼 말을 삼가는 경구는 부적이나 많은데 석가모니도 '우리들의 입은 화근의 근원이며 몸을 태우는 맹화(猛火)라는 사실을 잘 알고 부모 형제와 다른 여러 사람들에게 항상 상냥한 언사를 쓰지 않으면 안 된다.'고 입에서 나오는 말을 항상 경계하라고 했다. 말은 한 번 뱉으면 주워담을 수 없는 만큼 옛 성현들의 가르침처럼 세 번 생각하고 한 번 말하는 마음가짐이 필요하다.

용례 이수광은 《지봉유설》 〈문자부〉에서 '입이라는 것은 화(禍)와 복(福)의 관문이다. 그런 까닭에 화니 복이니 하는 두 글자는 모두 입 구(口)가 붙어 있다.' 라고 주장했다.

낙양지귀(洛陽紙貴)

낙양의 종이 값을 올린다는 뜻의 이 말은 오늘날 책
이 잘 팔리는 것을 비유할 때도 쓴다. 또 낙양지가고(洛
陽紙價高)·낙양지가(洛陽紙價)라고도 한다.

유의어

■ 자수성가(自手成家) : 스스로의 힘으로 일가를 이
루다.

한자풀이

洛(물이름 락) 陽(볕 양) 紙(종이 지) 價(값 가) 貴(귀할 귀)
自(스스로 자) 手(손 수) 成(이룰 성) 家(집 가)

 유래

진나라 때, 제나라의 도읍 임치 출신의 시인인 좌사
라는 사람이 있었다. 그는 뛰어난 재능을 지니고 있었
지만 추남에다 말까지 더듬었기 때문에 오로지 작품 활
동에만 전념했다. 그가 임치에서 《제도부》라는 작품을

1년 만에 완성하고 나서 도읍 낙양으로 이사한 뒤, 삼국 시대 촉한의 도읍 성도, 오나라의 도읍 건업, 위나라의 도읍 업의 풍물과 흥망성쇠를 읊은 《삼도부》라는 대서 사시를 무려 10년 만에 완성했다. 그러나 그의 작품의 진가를 제대로 알아주는 사람이 없었다. 그러던 어느 날, 장화라는 유명한 시인이 《삼도부》를 읽어 보고 다음과 같이 격찬했다.

"이것은 후한 때에 《양도부》와 《한서》를 저술한 반고와 《이경부》를 저술한 장형과 같은 대문인들의 작품과 비교해도 손색이 없다."

그러자 《삼도부》는 당장 낙양의 화제작이 되었고, 고관대작은 물론 귀족·환관·문인·부호들이 그것을 다투어 베껴 썼다. 그 바람에 '낙양의 종이 값이 올랐다.'고 한다.

심화 이해 및 응용

좌사는 자신의 능력과 작품을 인정받기까지 많은 인고의 세월을 보냈다. 심지어 그의 아버지 좌옹도 좌사가 젊었을 때 글과 음악을 배우게 했으나 도무지 실력이 늘지 않는 것처럼 보이자 친구를 보고, '내가 젊었을 때는 저렇지는 않았는데……' 라며 늘 한탄했다고 한다. 그러나 좌사는 이러한 주변의 무시와 모욕을 참고, 결국에 불후의 명작을 남겼다.

> **용례** 유명한 소설가가 쓴 작품이라고 해서 모두 낙양지귀처럼 성공하는 것은 아니다.

사불급설(駟不及舌)

네 마리 말이 끄는 수레도 혀에는 미치지 못한다는
뜻으로 소문은 빨리 퍼지니 말을 삼가라는 뜻.

유의어

- 언비천리(言飛千里) : 발 없는 말이 천리 간다.
- 호령여한(號令如汗) : 땀이 몸속으로 들어갈 수
  없듯이 한 번 내린 명령은 취소할 수 없음.
- 이속우원(耳屬于垣) : 담에도 귀가 달려 있으니 말
  을 삼가라.
- 악사천리(惡事千里) : 나쁜 소문은 세상에 빨리
  퍼진다.

한자풀이

駟(사마 사) 及(미칠 급) 舌(혀 설) 飛(날 비) 千(일천 천)
里(마을 리) 號(부를 호) 令(영 령) 如(같을 여) 汗(땀 한)
耳(귀 이) 屬(속할 속) 于(어조사 우) 垣(담 원)
惡(악할 악) 事(일 사)

유래

《논어》〈안연편〉에 나오는 위나라 대부 극자성과 언변이 뛰어난 자공과의 대화에서 유래한다. 극자성이 자공에게 물었다.

"군자는 그 바탕만 세우면 그만이지 무슨 까닭으로 문(文)이 필요한가요?"

"안타깝습니다. 당신의 말은 군자답지만 네 마리 말이 끄는 수레도 혀에 미치지 못합니다. 문이 질(質)과 같고 질이 문과 같으면, 그것은 마치 호랑이 가죽과 표범 가죽을 개 가죽이나 양 가죽과 같다고 보는 이치와 같지요."

자공이 말한 '사불급설'은 극자성이 실언한 것이니 말을 조심해서 하라는 뜻이다.

심화 이해 및 응용

우리 속담에도 '낮말은 새가 듣고 밤말은 쥐가 듣는다.'가 있다. 말은 한 번 내뱉으면 주워담을 수 없으니 함부로 말하지 말라는 뜻이다. 《명심보감》에도 '입은 사람을 상하게 하는 도끼요, 말은 혀를 베는 칼이다. 입을 막고 혀를 감추면 어디에 있든지 몸이 편안할 것이다.' 라고 되어 있다.

용례 《조선왕조실록》 영조 27년 병조판서 홍계희가 상서하기를, '신이 어렸을 때에 하토에 왕래하며 양역의 폐단을 익히 알았습니다. ……이것은 아는 자와 더불어 말할 수 있을 것입니다. 다만 대신이 여염의 폐단이 양역보다 갑절이나 많은 것으로 말을 하니, 애석하지만 사불급설이라 하겠습니다.' 고 하였다.

수석침류(漱石枕流)

돌로 양치질하고 냇물로 베개를 삼는다는 뜻으로 자신의 실수를 인정하지 않고 억지를 쓰는 것을 말한다.

한자풀이

漱(양치질 수) 石(돌 석) 枕(베개 침) 流(흐를 류)

 유래

《진서》〈손초전〉에 나오는 말이다. 서진 시대는 노장 사상을 바탕으로 한 청담(淸談)이 유행하였다. 청담을 즐기는 사람들은 속세의 도덕을 무시하고 세간을 벗어난 초월의 경지를 추구했는데, 그 대표적인 인물들이 바로 죽림칠현이다. 명문가 출신인 손초도 젊은 시절 속세를 떠나 산림에 은거하고자 해서 친구인 왕제에게 자신의 뜻을 말했는데, 이때 '돌을 베개로 삼고 냇물로 양치질한다.'고 말해야 하는데 그만 '돌로 양치질하고 냇물을 베개로 삼는다.'고 말해 버렸다. 왕제가 웃으면서 말했다.

"어찌 냇물로 베개를 벨 수 있고, 돌로 양치질할 수 있겠는가?"

손초가 대답했다.

"냇물로 베개를 삼는 것은 바로 귀를 씻고자 함이요, 돌로 양치질하는 것은 치아를 갈고자 함이네."

이 말은 자존심이 강한 손초가 자신의 실수를 인정하고 싶지 않아서 억지로 꿰어 맞춘 말이다.

심화 이해 및 응용

수석침류와 그 뜻이 상반되는 듯하면서도 같은 뜻을 지닌 성어 중의 하나가 식언이라 할 수 있다. 식언은 약속한 말을 지키지 않거나 반복하여 거짓말을 한다는 뜻이다. 식언에 관한 고사는 《춘추좌씨전》에도 나오는데, 그 내용은 다음과 같다.

즉, 노나라의 애공이 월나라와 전쟁을 하고 돌아오고 있을 때, 계강자와 맹무백이란 두 대신이 오오까지 마중 나와 축하연을 베풀었다. 그런데 이 신하들은 평소 곽중을 내세워 자주 애공을 비방하는 나쁜 습관이 있었다. 이번에도 맹무백은 애공을 빗대어 곽중을 보고 살

이 많이 쪘다고 농담을 했다. 이에 애공은,

　"그야 말을 많이 먹었으니[食言] 살이 찔 수밖에 없지 않겠소?"

하고 역시 농담 반 진담 반으로 비꼬았다. 이는 애공이 계강자와 맹무백에게 곽중을 통해 자신을 비방하는 언행을 삼가라는 충고였다.

용례 상황에 따라 자신의 기존 입장을 손바닥 뒤집듯하면서 견강부회(牽强附會)나 수석침류 형의 변설을 일삼는 정치인의 수명은 오래가지 못한다.

촌철살인(寸鐵殺人)

한 치밖에 안 되는 칼로 사람을 죽인다는 뜻으로, 간단한 경구나 단어로 사람을 감동시키거나 사물의 급소를 찌름을 비유함.

유의어

■ 정문일침(頂門一鍼) : 정수리에 침을 놓음. '사람의 급소를 짚어 따끔한 훈계를 줌'을 비유하여 이르는 말.

한자풀이

寸(마디 촌) 鐵(쇠 철) 殺(죽일 살) 人(사람 인)

 유래

'촌철'이란 손가락 한 개 폭 정도의 무기를 뜻한다. 남송에 나대경이라는 학자가 있었다. 그가 밤에 집으로 찾아온 손님들과 함께 나눈 담소를 기록한 것이 《학림옥로》이다. 거기에 보면 종고선사가 선(禪)에 대해 말한 대목에 '촌철살인'이 나온다.

"어떤 사람이 무기를 한 수레 가득 싣고 왔다고 해서 살인을 할 수 있는 것이 아니다. 나는 오히려 한 치도 안 되는 칼만 있어도 사람을 죽일 수 있다."

이는 선의 본바탕을 파악한 말로, 여기서의 '살인'이란 물론 무기로 사람을 죽이는 것이 아니라 마음속의 속된 생각을 없애고 깨달음에 이르렀음을 의미한다. 번뇌를 없애고 정신을 집중하여 수양한 결과로 인해 아주 작은 것 하나가 사물을 변화시키고 사람을 감동시킬 수 있는 것이다. 그러니 한 마디 말로도 죽을 위기에서 구하기도 하고 죽게도 만들 수 있는 것이 '촌철살인'이다.

심화 이해 및 응용

제경공이 평소에 가장 총애하는 호위무사가 삼인이 있었다. 단 평상시에 자신들의 공을 믿고 무례하고 오만 방자하게 굴었기 때문에 제나라 정국 안정에 위협적인 존재들이었다. 그래서 재상인 안자는 일찍이 이 세 사람을 제거할 생각이었다. 마침 노나라의 임금이 방문하여 제나라 임금과 연회를 열고 있었다. 이에 안자는

복숭아를 따서 두 나라의 임금에게 바치고 남은 두 복
숭아를 가지고 공로가 가장 큰 무사에게 먹도록 하였다.
이때 세 용사 중 가장 성질이 급한 공손첩이란 용사가
먼저 나와,

"동산(桐山)에서 수렵할 때, 호랑이 한 마리가 갑자기
임금님을 덮치려고 하였습니다. 그때 제가 호랑이를 잡
아 죽여서 임금님의 목숨을 구했으니, 마땅히 공로가
작다고 할 수 없지요!"
라고 말하고 복숭아를 먹었다. 그러자 고야자라는 용사
도 앞으로 성큼성큼 나와서 말하길,

"그까짓 호랑이 죽인 것을 가지고 그러십니까? 저는
임금님과 황하를 건널 때 악어 한 마리가 임금님의 말
을 물었습니다. 그때 제가 악어와 사투를 벌여 악어를
죽이고서 임금님의 말을 구했습니다."
라며 마지막으로 남은 복숭아 하나를 먹고 말았다. 그
러자 전개강이란 용사는 화가 나서 쩡쩡거리는 큰 소리
로 이렇게 말했다.

"그까짓 호랑이와 악어를 죽인 것을 가지고 그러십니
까? 저는 임금님의 명으로 서나라를 공격할 때, 서나라

의 대장을 죽이고 500여 명의 적군을 생포했고, 또 담나라와 거나라까지 우리나라로 귀순시켰습니다. 이 공로는 크지 않습니까? 저들의 공로와 비교하면 어떻습니까? 저의 공로로는 복숭아 하나도 먹을 자격이 없습니까? ……제가 두 용사보다 못하다면 다시 무슨 면목으로 이 자리에 서 있겠습니까!"

이런 말을 남기고 검을 빼서 자결하고 말았다. 그러자 먼저 복숭아를 먹은 남은 두 용사도 자신들이 조그만 공로로 복숭아를 먹은 것을 자책하면서 자결하고 말았다. 이것이 바로 중국 역사에서 저명한 '복숭아 두 개로 세 용사를 죽이다.'는 이도살삼사(二桃殺三士)라는 성어의 고사이다. 기실 복숭아 두 개로 개세영웅을 죽인 것은 복숭아의 힘 때문이 아니라 바로 안자의 촌철살인과 같은 언변 때문이다.

용례 오늘날의 정치 만화나 시사 만평은 촌철살인의 미학이라 일컫기도 한다.

구밀복검(口蜜腹劍)

입으로는 달콤함을 말하나 뱃속에는 칼을 감추고 있다는 뜻으로, 겉으로는 친절하나 마음속은 음흉한 것.

유의어

- 소중유도(笑中有刀) : 웃음 속에 칼을 품었다는 뜻으로, 겉으로는 웃는 얼굴을 하고 속으로는 악의를 품음.
- 표리부동(表裏不同) : 겉과 속이 전혀 다름.
- 양두구육(羊頭狗肉) : 양머리를 간판으로 세워놓고 개고기를 판다는 뜻으로, 선전과 내용이 일치하지 않음을 비유함.
- 인면수심(人面獸心) : 사람의 얼굴에 짐승 같은 마음을 지님.

口(입 구) 蜜(꿀 밀) 腹(배 복) 劍(칼 검) 笑(웃을 소)
中(가운데 중) 有(있을 유) 刀(칼 도) 表(겉 표) 裏(안 리)
不(아니 부) 同(한가지 동) 羊(양 양) 頭(머리 두) 狗(개 구)
肉(고기 육)

유래

당나라 현종은 재위 초기에는 정치를 잘하여 칭송을
받았으나 점점 주색에 빠져들면서 정사를 멀리하였다.
당시 이임보라는 간신이 있었는데 임금의 총애를 받는
후궁에게 환심을 사 재상에 올랐다. 그는 황제의 비위
를 맞추면서 충신들의 간언이나 백성들의 탄원이 황제
의 귀에 들어가지 못하도록 하고 환관과 후궁들의 환심
을 사며 조정을 떡 주무르듯 했다. 질투심도 강하여 자
기보다 더 나은 사람을 보면, 자기의 자리를 위협하는
것이나 아닌지 두려워하여 가차 없이 제거하였다. 그것
도 자신의 권위를 이용한 강인한 수법으로는 절대로 하
지 않고, 황제 앞에서 충성스러운 얼굴로 상대를 한껏
추켜 천거하여 자리에 앉혀 놓은 다음 음모를 꾸며 떨
어뜨리는 수법을 썼다. 이임보가 깊은 생각에 잠겨 있

던 다음날은 쥐도 새도 모르게 주살되는 자가 반드시 생겼다. 따라서 꿈에라도 황제께 직언할 생각을 갖고 있는 선비들은 몸을 잔뜩 사릴 수밖에 없었다. 이러한 행태를 보고 그 당시 사람들은 이렇게 말하였다. '이임 보는 입으로는 달콤한 말을 하지만 뱃속에는 칼을 가지고 있으니 매우 위험한 인물이다.'

 심화 이해 및 응용

당나라 때 여황제로 유명했던 측천무후는 처음에는 태종의 시중을 드는 일개 시녀로 '미랑'으로 불리웠다. 그녀는 태종이 병석에 있을 때, 병문안 온 태자인 이치를 유혹하여 그의 호감을 얻었다. 얼마 후, 태종이 죽자 태자 이치가 등극하여 고종이 되었지만 그에게 이미 왕황후와 소숙비라는 후궁들이 있었다. 때문에 미랑은 그녀들에게 평소 구밀복검을 하면서 자신이 득세할 때만을 기다렸다.

후일, 미랑은 고종의 딸을 낳았는데, 이 딸을 보기 위해 황제는 물론 슬하에 자식이 없었던 왕황후가 자주 그녀의 숙소를 왕래했다. 어느 날 미랑은 왕황후가 다

녀간 후에 곧 황제가 온다는 소식을 듣고 자신의 딸을 목졸라 죽였다. 그리고 황제가 도착하자 왕황후가 자신의 딸을 죽였다고 누명을 씌우고 그녀를 황후의 자리에서 몰아내고 자신이 황후가 되었다.

이와 같이 인면수심을 지닌 그녀가 실권을 잡는 데 일조한 사람이 이의부라는 간신이었다. 이의부는 사람을 교제할 때에는 항상 미소를 띠지만 속마음은 매우 음흉하여 자기에게 반대하는 사람에게는 악랄한 방법으로 보복하였다. 그의 이러한 이율배반적인 행위는 마치 웃음 속에 칼을 품고 있는 격이라 세인들은 소중유도라고 했다. 측천무후에 걸맞는 신하였던 것이다.

용례 일본은 한국과의 친선 우호와 관계 증진을 표방하면서 한편으로 교과서 역사왜곡과 과거사에 대한 진정한 사과를 하지 않는 것은 구밀복검한 행위라고 할 수 있다.

화룡점정(畫龍點睛)

장승요가 벽에 그린 용에 눈동자를 그려 넣은 순간에 용이 하늘로 올라갔다는 뜻으로, 가장 중요한 부분을 마치어 완성시킨다는 뜻.

한자풀이

畫(그림 화) 龍(용 룡) 點(점 점) 睛(눈동자 정)

 유래

남북조 시대, 남조인 양나라에 장승요라는 사람이 있었다. 우군장군과 오흥태수를 지냈다고 하니 벼슬길에서도 입신한 편이지만 그는 붓 하나로 모든 사물을 실물과 똑같이 그리는 화가로 유명했다. 어느 날, 장승요는 금릉(남경)에 있는 안락사의 주지로부터 용을 그려달라는 부탁을 받았다. 그는 절의 벽에다 검은 구름을 헤치고 이제라도 곧 하늘로 날아오를 듯한 두 마리의 용을 그렸다. 물결처럼 꿈틀대는 몸통, 갑옷의 비늘처럼 단단해 보이는 비늘, 날카롭게 뻗은 발톱에도 생동

감이 넘치는 용을 보고 찬탄하지 않는 사람이 없었다. 그런데 한 가지 이상한 것은 용의 눈에 눈동자가 그려져 있지 않은 점이었다. 사람들이 그 이유를 묻자 장승요는 이렇게 대답했다.

"눈동자를 그려 넣으면 용은 당장 벽을 박차고 하늘로 날아가 버릴 것이오."

그러나 사람들은 그의 말을 믿으려 하지 않았다. 당장 눈동자를 그려 넣으라는 성화에 견디다 못한 장승요는 한 마리의 용에 눈동자를 그려 넣기로 했다. 그는 붓을 들어 용의 눈에 '획' 하니 점을 찍었다. 그러자 돌연 벽 속에서 번개가 번쩍이고 천둥소리가 요란하게 울려 퍼지더니 한 마리의 용이 튀어나와 비늘을 번뜩이며 하늘로 날아가 버렸다. 그러나 눈동자를 그려 넣지 않은 용은 벽에 그대로 남아 있었다고 한다.

🌱 심화 이해 및 응용

불교 미술계에도 화룡점정과 유사한 점안식이 있다. 점안은 '점을 찍어 눈동자를 그린다.'는 것으로 불교의 신앙 대상인 석가모니나 보살을 조각한 상 혹은 그림으로 그린 탱화를 모실 때 마지막으로 하는 의식이다. 또는 석탑이나 불단을 새로 만들어 모시거나 다시 개보수하여 모실 때, 스님들이 입는 가사를 만들고 나서 하는 의식으로 공양을 올리고 불보살의 근본 서원을 나타나게 하기 위해서 하며, 눈을 뜨게 한다 하여 개안식이라고도 한다.

이러한 점안식이나 개안식 등은 돌이나 나무, 쇠, 흙, 종이 등으로 만든 조각품에 불과하지만 여기에 석가모니의 32상 80종호의 거룩한 모습을 현실화하고 불가사의한 석가모니의 공덕이 가득차게 하여 중생들의 고통을 덜어 주기 위해서 거행하는 것이다. 이를 통해 조각이나 탱화는 단순한 조형물이 아니고 석가모니나 보살, 그리고 신장들이 되어 중생의 소원을 들어주고 보호해 주는 신앙 대상이 된다. 아무리 유명한 예술가가 조각이나 그림을 잘 그렸다고 하여도 점안 의식을 하지 않으면 그것이 훌륭한 예술품은 될지언정 중생들의 기도를 들어주고 공양을 받아 주는 불보살으로서의 능력은 갖지 못한다고 한다.

용례 이번 6자회담은 북한의 비핵화를 위한 협상이 실현될 수 있도록 모두가 화룡점정의 자세로 임하고 있다.